un cargo pour Berlin

Collection animée par Soazig Le Bail.

ISBN 978-2-84420-885-9

Loi n° 49-956 du 16 juillet 1949 sur les publications destinées à la jeunesse
Maquette : Bärbel Müllbacher

un cargo pour Berlin

Fred Paronuzzi

Roman

Illustration de couverture
de Alfred

EDITIONS
THIERRY
MAGNIER

Fred Paronuzzi est né en 1967. Des rêves de voyage plein la tête, il a enseigné le français en Écosse, au Canada, puis en Slovaquie.

De retour en Savoie, il est aujourd'hui professeur d'anglais en lycée professionnel.

Il aime conjuguer la verticalité des montagnes et l'horizontalité des livres.

Aux éditions Thierry Magnier :

Mon père est américain (coll. Roman), à paraître en 2012.

Terrains minés (coll. Nouvelles), 2010.

À Daou – *choukrane alè mousssèadètiki !* – et à ses filles : Mélissa, Chérine et Alexia

À Ndrenja, Tahina, Sandy et Tiffany, ce message d'espoir…

À Juliette Daniel

L'auteur de cet ouvrage a bénéficié d'une bourse d'écriture de la Région et de la Drac Rhône-Alpes. Il les remercie chaleureusement de leur soutien.

Youness

Une peur féroce la marque de son empreinte. Elle la tient, impitoyable, fait ployer sa nuque, tandis qu'une vague nauséeuse lui soulève l'estomac au rythme des cahots. La chaleur est étouffante et, par instants, elle a le sentiment d'être ballottée dans un cercueil.

De la cabine, la musique lui parvient faiblement, comme d'un monde devenu inaccessible.

Après un moment, elle reconnaît la chanson : *Zawali.*

Tariq dort la bouche entrouverte, son visage tombe sur son épaule, puis se redresse soudain avant de replonger, mollement. Il oscille. Un peu de bave coule de ses lèvres à son menton, semblable à la trace qu'aurait laissée un escargot dans son sillage. Les gros bidons d'essence, à l'avant, s'entrechoquent lourdement. Des courroies les maintiennent en place. Elles craquent, gémissent. Les traverses en bois servant de dossiers cognent et meurtrissent les reins.

Un passeur a eu pitié d'eux. Il a suspendu, à l'aide d'un chiffon maculé de cambouis, une lampe de poche qui se balance et dispense sa lumière pâlotte, rempart chancelant contre les ténèbres. Elle s'accroche à son halo de toutes ses forces, craignant que son cœur ne cesse de battre si elle venait à s'éteindre.

En face d'elle, un des deux Noirs somnole, sa tête roule sur sa poitrine. L'autre a le regard baissé et fixe le sol entre ses pieds. Fourbu. Ses paupières s'ouvrent puis se ferment avec une lenteur hypnotique.

Quand ils sont montés, leurs compagnons de voyage étaient déjà là, tassés dans la pénombre. Peau noire sur fond de nuit. À peine visibles.

Pour eux, la peur a débuté bien loin d'ici.

Elle porte la bouteille en plastique à sa bouche, avale un peu d'eau tiède. Celui des Noirs qui ne dort pas lève les yeux. La sueur fait luire son front. Elle hésite, puis la lui tend. « Merci », dit-il en français. Il boit à son tour, à petites gorgées. Il désigne son compagnon et elle lui fait signe que oui, bien entendu, alors il le réveille d'un mouvement du coude, lui passe la bouteille.

Il sourit.

– Je m'appelle Jean-Baptiste ! crie-t-il par-dessus le fracas du moteur et de la ferraille, une main à plat sur la poitrine.

Son français à elle, jusque-là, s'est cantonné à l'école et aux livres, de sorte que les mots résonnent curieusement, ici.

– Moi… commence-t-elle.

Moi. Elle hausse le ton, essayant d'atténuer les aigus dans sa voix :

– Moi… moi c'est Youness… Et lui Tariq !

Son compagnon à lui se nomme Léopold. Il sourit, les yeux ensommeillés.

Et il a l'air d'un gosse. Comme eux tous. Car c'est bien ce qu'ils sont, au fond, quatre gamins en route vers un destin ou – *inch'Allah* – l'oubli.

Personne ne dit plus rien, mais le silence entre eux s'est modifié. Ils ont échangé leurs noms. Ils sont capables de se sourire. Ils ne ressemblent plus à des bêtes anesthésiées menées à l'abattoir.

Le moteur renâcle et l'on entend les jurons du chauffeur. Il débraie une, puis deux fois, jure encore. Les essieux vibrent. Ils abordent une côte. Le camion fait une embardée. Les courroies que torturent les bidons se tendent avec des cris aigus.

Tariq grogne quelque chose dans son sommeil. Elle ferme les yeux. La fatigue de ces dernières semaines la rattrape soudain, appuie sur sa nuque. Lourde. Se mêle aux vapeurs écœurantes de l'essence, lui engourdit le corps.

Elle courbe alors l'échine. S'abandonne. Peu à peu l'étau se relâche et elle sombre.

Elle ne ressent plus ni honte ni colère, elle en oublie sa folie.

Nour

Mon prénom n'est pas Youness, mais Nour. Car aux yeux du monde j'étais une fille. Il y a quelques heures à peine, une éternité déjà.

Mon prénom, c'est une histoire entre ma mère et moi. Une histoire intime, unique, entre une mère et son enfant, une histoire que l'on se répétait à la nuit tombante, quand ses mains pleines de patience peignaient mes cheveux.

C'était notre moment à nous.

– Allez, s'il te plaît, dis-le, encore une fois !

– Mais tu connais tout ça par cœur, voyons…

Je revenais à la charge.

– Allez ! S'il te plaît !

Elle protestait un peu, pour la forme, mais finissait par céder. Car je savais qu'elle en avait envie, au fond. Autant que moi, sinon davantage.

– Tu es plus têtue qu'une mule…

Et elle commençait ainsi :

– Ton père et moi, on était mariés depuis presque deux ans – mais toujours rien. La famille s'impatientait. Ta tante Meriem m'interrogeait à chaque visite et j'avais droit au regard des autres sur mon ventre plat, un regard vide, comme on fixe le désert ou le fond d'un puits asséché… Chacune y allait de sa petite formule miracle, sa recette de bonne femme. Moi, je priais Dieu. Cet enfant, on en avait tellement envie… Un grand soleil. C'est un peu banal, mais je n'ai pas d'autres mots pour dire le moment où j'ai su que j'étais enceinte. Parce que chaque seconde que tu as passée en moi, je me suis sentie totalement heureuse, à l'abri de tout. Comme si c'est toi qui m'avais tenue au creux de ton ventre, et non l'inverse. Alors quand tu es née, je t'ai appelée Nour – *lumière*…

Des insectes voletaient furieusement dans la chaleur du soir. Ma mère chuchotait presque :

– Ton père aurait préféré Aziza, du prénom de sa grand-mère, mais nous t'avions espérée longtemps et il était si fier que peu lui importait, finalement, que tu sois Nour ou Aziza…

J'aurais presque pu dire les phrases, ciselées par la répétition, à l'instant où elles sortaient de sa bouche. Sa voix me berçait. Je me sentais bien sous la caresse du peigne. Une langueur m'engourdissait peu à peu et je fermais les yeux, m'abandonnant à la douceur de ses mains.

Les seules mains qui m'aient jamais touchée avant que celles d'Idriss ne se posent sur ma peau.

Avec une délicieuse brûlure.

Y

Nour se réveille en sursaut.

Dans le camion, rien n'a bougé. Chacun est dans ses rêves ou ses cauchemars à lui. Elle entoure son ventre de ses deux bras, se berce. Comme un étrange écho à son mouvement, le camion ralentit, le moteur s'apaise puis s'arrête tout à fait. Et la musique se tait.

Ne reste plus, au-dehors, que le souffle du vent, en rafales courtes et appuyées.

Le calme est si soudain qu'il a arraché de leur sommeil ses trois compagnons. Des portières claquent, des voix s'interpellent, s'approchent ensemble de l'arrière du camion, mêlées à des pas puis à des piétinements. La corde est dénouée, la bâche rejetée sur le côté. Un filet d'air frais vient jusqu'à eux. Une large silhouette se découpe dans un cône de lumière crue. Elle doit provenir d'un autre véhicule rangé sur la droite. Une arme est bien visible à la ceinture du colosse. Un peu en retrait se tient le chauffeur avec son T-shirt déchiré à l'épaule, auréolé de sueur. L'homme en uniforme balaie lentement de sa lampe torche l'intérieur du camion. Le faisceau blanc s'arrête sur les bidons qu'il compte en remuant les lèvres, puis tour à tour sur les visages. Les souffles se suspendent dans les poitrines.

Il a les clefs, le pouvoir. Le voyage, s'il le décide, peut s'arrêter ici.

– Quatre ? Tu m'as pas dit qu'ils seraient deux ? demande-t-il.

Il tourne sa tête de bouledogue. Sa nuque est une succession de plis épais.

– Ils étaient pas prévus, les autres, répond le chauffeur en se grattant le ventre, d'un air piteux, ça s'est fait à la dernière minute...

Impossible de savoir lesquels sont « les autres ».

– Putain, mais quatre c'est pas le même tarif que deux ! Tu sais les risques que je prends et j'aime pas trop qu'on se foute de ma gueule !

Il lève la main comme pour frapper. Le chauffeur recule, balbutie quelque chose. La bâche retombe sur les éclats d'une dispute où il est question d'argent.

Tariq se tourne vers Nour.

– Tu crois qu'on est à la frontière ?

Elle lit dans ses traits tirés un mélange d'angoisse et d'excitation. Ni lui ni elle n'ont jamais franchi les limites de leur pays. Ils ne connaissent même pas Alger.

Alors le Maroc...

– Je ne sais pas, mais on en est sûrement très près… En tout cas ici c'est déjà loin de chez nous.

Chez nous.

Les mots se sont échappés. Ils ont perdu leur sens. Trop de chaleur dans ces mots-là.

Non pas chez *nous*, mais chez *eux*, à Saïda.

N

Je n'ai pas été vraiment étonnée que la directrice du collège me fasse venir dans son bureau, à l'interclasse.

Cela arrivait fréquemment.

Mme Bouraoui avait pour moi des attentions particulières. Comme de me prêter ses livres. Et pas n'importe lesquels, ses pépites, elle les appelait. Ses petits trésors. En haut à gauche de la deuxième de couverture, elle traçait son nom d'une touche légère de crayon à papier.

Lorsque je lui en rapportais un, elle prenait le temps d'en parler avec moi devant un verre de thé et des gâteaux aux amandes. J'étais flattée d'être traitée ainsi, en égale ou presque.

Mme Bouraoui m'encourageait aussi à écrire. Elle disait même que j'étais « une plume en herbe ».

Au premier trimestre, j'avais remporté un concours de poésie ouvert aux écoles de Saïda. Le poème primé s'était retrouvé coincé à l'avant-dernière page du journal, accompagné d'une mauvaise photo en noir et blanc sur laquelle on avait toutes les peines du monde à me reconnaître.

Ni l'un ni l'autre de mes parents ne savait lire et cependant, ma mère avait découpé l'article que mon père avait plié en quatre dans la poche arrière de son pantalon, avant de l'exhiber dans le quartier et au-delà.

Mme Bouraoui m'a souri en ôtant ses lunettes, puis a désigné le siège de l'autre côté de son bureau. J'ai reconnu mon écriture sur la fiche de vœux posée à côté de l'ordinateur.

– Assieds-toi, Nour, je t'en prie. Voilà. Je me répète mais tu es une de nos plus brillantes élèves et si j'en crois ce papier, tu n'irais pas au lycée à la rentrée prochaine ? Je t'avoue que cette nouvelle m'a… décontenancée, pour le moins. En vérité, je ne comprends pas.

J'ai mordillé l'intérieur de ma joue.

– C'est mon père, madame Bouraoui, il veut que j'aille travailler, gagner un peu d'argent. Les jumeaux grandissent et on a de plus en plus de mal, à la maison. J'aimerais vraiment aller au lycée, mais ce serait un luxe et on ne peut pas se le permettre…

Elle a soupiré avant d'ajouter, pleine de sollicitude :

– C'est normal de vouloir aider sa famille, bien entendu, mais tu es tellement douée. Il faut voir les choses à long terme. Elle a marqué une pause : Si tu n'y vois pas d'inconvénient, j'aimerais en parler à tes parents. Je pourrais peut-être me montrer assez convaincante pour les faire changer d'avis.

J'ai senti mon cœur bondir. J'avais espéré son aide, en secret. Car si une personne au monde pouvait faire fléchir la volonté de mon père, c'était bien Mme Bouraoui.

Y

Le camion stoppe à nouveau, brutalement.

La bâche valdingue et s'ouvre sur l'aube encore pâle.

– Allez on descend ! gueule le chauffeur. Putain, ça pue pire qu'un troupeau de boucs, là-d'dans !

Un type est avec lui.

– T'as pas besoin de dire ça, chaque fois, t'as pas besoin de les humilier.

– Ta gueule, toi, je dis c'que j'veux ! Et pis t'en profites bien aussi, non ? Tu fais pas ça par charité, si ?

L'autre hausse les épaules, ne répond rien. Il extrait une cigarette de son paquet, puis l'allume entre les paumes de ses mains, en tire une longue inspiration.

Le chauffeur se détourne, défait sa braguette et pisse sur une grosse pierre plate en bâillant.

– Ah, chienne de vie ! s'exclame-t-il.

– On est où ? demande Tariq.

– À Las Vegas, tu vois bien ! Oublie pas ton smoking pour entrer au casino ! Ah ah ah ! C'est toujours pareil : ils tiennent pas en place. T'impatiente pas, p'tit gars, tu pensais quand même pas qu'on allait débarquer à Tanger en plein jour, hein, en klaxonnant bien fort histoire d'annoncer la bonne nouvelle que t'arrivais ? Et puis on a deux, trois petites choses à régler ici, avant.

– Alors, on est bien au Maroc ?

L'autre se racle la gorge, crache bruyamment.

– Ben oui, dit-il.

L'endroit est soufflé par un vent chargé de poussière. Il semble avoir été abandonné, il y a longtemps. Sans doute un ancien village, quelques habitations blotties les unes contre les autres et désertées par leurs habitants.

Un puits ceint d'une margelle en pierres sèches. Des pans de murs effondrés, des toitures qui s'affaissent.

Un unique bâtiment, peut-être une bergerie, tient encore debout. Sa façade badigeonnée à la chaux. Juste devant, un homme avec un chèche est penché sur le moteur d'un 4x4, capot ouvert. Il verse de l'eau à l'aide d'une bouteille en plastique. On ne voit que ses yeux.

– Faut que j'aille aux toilettes, Tariq, je ne peux plus tenir.

– Viens, suis-moi.

– Eh, vous faites quoi ?

– On va se dégourdir les jambes.

– Pas trop loin, hein, z'êtes pas ici pour faire du tourisme, laissez tomber la photo souvenir…

Il rigole une nouvelle fois de sa propre blague. Grassement. Tandis que les deux compagnons s'éloignent.

Curieusement, un mât auquel pend un drapeau effiloché est planté sur un mamelon nu et minéral. Le poteau rouillé est incliné vers le sol, comme figé dans sa chute.

À part lui, rien n'accroche vraiment le regard.

Un long sifflement retentit. Dans le lointain, un jeune berger pousse son troupeau. Il se tient de dos, son bâton sur les épaules, les bras passés par-dessus. Ses animaux, taches marron et noires, furètent dans les replis du terrain, arrachent à cette terre aride de quoi ne pas mourir de faim.

Il y a donc un autre village, dans ce coin désolé, des gens, de la vie ?

Tariq et Nour s'éloignent encore, prenant garde à ne pas trébucher sur les cailloux aux arêtes coupantes. Çà et là, à l'abri des rafales, poussent en touffes des graminées et de petites plantes aux fleurs jaunes, fragiles.

À l'abri des regards, elle s'accroupit dans un fossé. Des crampes, des élancements brefs et furieux lui tordent le ventre, que ses paumes recouvrent dans un geste d'apaisement.

– Je prendrai soin de toi, quoi qu'il arrive, dit-elle, trop bas pour que Tariq entende.

N

On n'en croisait pas souvent, dans notre quartier, des voitures luxueuses. Alors quand la Mercedes aux vitres teintées des Bouraoui s'est rangée à l'entrée de notre ruelle, un attroupement s'est formé autour.

Des gosses agglutinés les uns aux autres, leurs yeux ronds. Et un morveux qui colle son nez à l'aplomb du volant, les mains en coque afin de mieux voir.

Puis s'exclame :

– Viens voir, y a le GPS !

M. Bouraoui en imposait. Il avait de hautes responsabilités dans l'usine d'eau minérale. Il était vêtu d'un costume gris souris et sirotait en silence son thé brûlant, à petites gorgées. Attentif, un brin amusé. Son épouse parlait. Ses mains ne tenaient pas en place, dessinaient dans l'air de gracieuses arabesques.

Mon père écoutait, caressant entre le pouce et l'index sa barbe taillée court, qui blanchissait au menton. Ma mère faisait le service, à la fois intimidée et flattée d'accueillir chez elle des invités de cette importance.

Je me tenais dans un angle, pendue aux lèvres de Mme Bouraoui.

– … je reconnais volontiers que j'ai un petit faible pour votre fille, disait-elle, mais il nous faut aussi une personne supplémentaire. La maison est vaste, les tâches ménagères en proportion. Je propose que Nour travaille chez nous dès cet été, puis à la rentrée prochaine, le week-end par exemple. Elle sera rémunérée et pourra continuer ses études, en parallèle, chacun y trouvera ainsi son compte…

C'étaient des gens bien, M. et Mme Bouraoui, ils n'avaient pas vraiment besoin de moi.

La main de ma mère tremblait au-dessus du grand plateau de cuivre. La théière en étain montait puis s'abaissait. Le filet doré tombait en zigzaguant dans un verre, où il moussait un peu.

– C'est une proposition très généreuse et je l'accepte, a répondu mon père, d'un ton un rien trop solennel. (Il détachait chaque syllabe, comme s'il avait préparé sa réponse de longue date et qu'il craignait de se mélanger dans ses mots.) À condition que Nour n'ait aucun privilège. Elle devra travailler aussi dur que n'importe qui à votre service – et même plus dur, elle doit bien se rendre compte de la chance…

Je me souviens d'avoir fermé les yeux. Je me souviens d'avoir cru que j'avais mon destin en main.

Et qu'il était radieux.

Je n'aurais jamais pu imaginer à quel point je me trompais.

Y

Un soleil blanc a chassé l'âpre fraîcheur du matin. L'attente est longue. Des hommes ont débarqué de camions sales. Clandestins exténués qui émergent à la lumière du jour, les yeux rougis. La fatigue donne à leur démarche un balancement chaloupé, comme s'ils anticipaient déjà le moment où ils allaient prendre enfin la mer, monter sur des rafiots de fortune.

Ils se rassemblent par petits groupes. S'accroupissent. Parlent ou se taisent. De longs jets de salive giclent entre leurs dents. Certains sont blessés, malades. L'un d'eux ne tiendrait pas sur ses jambes sans le soutien de ses compagnons. Ils l'allongent sur le sol, à l'ombre d'un bosquet rabougri. L'homme est maigre. Sa pomme d'Adam forme une bosse énorme dans son cou. Ses yeux se révulsent. On lui relève la tête pour le faire boire, mais il vomit ce qui franchit ses lèvres.

Nour a partagé la poignée d'olives et les ghribias aux amandes qu'il lui restait. Léopold a éventré un sachet renfermant quelques dattes collées les unes aux autres.

Les langues se délient.

Jean-Baptiste raconte la sécheresse. Les nuages traversant le ciel sans jamais crever. Les récoltes brûlées par le soleil. Il dit la misère, l'impuissance, la colère inutile, le désespoir.

Et l'impasse. S'en aller ou voir les siens mourir à petit feu.

– Nous allons rejoindre la côte et y trouver une embarcation, explique-t-il, après l'Espagne, ce sera la France. J'ai de la famille, là-bas, à Paris. Belleville, c'est le nom du quartier…

Ce nom de Belleville, il le prononce à la manière d'une incantation. Pas de doute. Il avait dû en passer, des heures, à rêver de ce coin de Paris dont il ignorait tout, Jean-Baptiste, dans son village assoiffé. À s'imaginer Dieu sait quoi. Peut-être même rien d'extraordinaire. Juste qu'il parcourait les rues de bon matin, en route vers un travail, saluait les commerçants relevant les rideaux de fer de leurs boutiques, dans un fracas métallique.

Faire partie de ce Belleville qui n'attend plus que lui, là-bas.

– Et vous deux, ajoute-t-il, c'est quoi vos projets ?

Nour répond qu'ils n'ont pas assez d'argent pour tenter l'aventure de cette façon, en payant leur place sur un bateau. Au port de Tanger, ils essayeront de se glisser à bord d'un camion en partance vers l'Europe.

– Et après ? demande Léopold. Je veux dire : vous avez un but précis ?

Nour traduit la question à Tariq, dont le visage attentif s'éclaire d'un sourire immense.

Après ?

Après, la route est évidente, toute tracée. Depuis toujours, ou pas loin.

Il extrait des replis de son vêtement une enveloppe bleue « par avion », presque noire tant elle est crasseuse, et de l'enveloppe une carte postale cornée, rafistolée avec du papier collant.

En plein milieu de l'image se dresse une tour gigantesque, aux allures de fusée, assez haute pour chatouiller le ciel.

– Moi, je vais en Allemagne, à Berlin, déclare-t-il.

La photo passe de main en main. Au dos, en haut à gauche, on peut y lire *Der Berliner Fernsehturm.*

Personne, parmi eux, ne parle allemand. Mais on se fiche bien, en définitive, du sens de ces mots.

Cette photo, c'est la bouée de sauvetage, le fil invisible reliant le rêveur au rêve. Ce qui fait tenir, serrer les dents. Ce qui empêche de flancher.

Peu importe que ce soit une tour de télévision, une tour Eiffel, un Colisée ou un Big Ben. C'est son bout de rêve à lui.

Les autres hochent la tête.

– Et toi, Youness ? C'est l'Allemagne aussi ? demande Jean-Baptiste.

Nour a un instant d'hésitation. Youness. Il faut qu'elle s'habitue. Ça ne devrait pas être trop difficile. Ce prénom, elle se l'est choisi.

– Moi, je ne sais pas vraiment, pas encore. Je verrai une fois de l'autre côté, je verrai bien…

Là-bas, on entend l'homme malade. Il gémit.

Deux passeurs s'arrêtent devant, jettent un regard au corps tordu.

– Va pas tarder à crever, celui-là, constate l'un des deux en s'essuyant à un chiffon la graisse sur ses mains, il aura juste pris un peu d'avance sur les autres…

N

Tous les prénoms ont-ils un sens ?

Lui, il se nomme Tariq, « étoile du matin ». Et on peut y voir une promesse. Un signe. Une direction.

Ou même ne rien y voir du tout.

D'aussi loin que je m'en souvienne, Tariq a eu la tête en vadrouille sur les chemins menant ailleurs. Et le mot « partir » à la bouche.

Partir.

Pas comme une invitation au voyage, non, plutôt une évasion. Partir parce qu'on se sait prisonnier d'une cage dont personne d'autre ne distingue les barreaux. Partir, car ici c'est sans espoir.

J'ai partagé ce sentiment, moi aussi.

Non pas que Saïda soit un endroit pire qu'un autre, mais quand l'horizon est un mur, il vous prend des envies d'autre part.

Partir, alors, jusqu'à l'obsession.

Car Tariq, pour son malheur, avait tiré les mauvaises cartes. Une vie aux franges de la misère. Cinq sœurs et un grand frère qui tourne mal. Un père, surtout, dont la vue s'éteint peu à peu.

Inopérable, faute d'argent.

Un père que le malheur rend mauvais. Violent. Un père que l'injustice rend injuste. Plus de travail. Pas de quoi nourrir sa famille. Et trop fier pour mendier. Sentiment d'être inutile. Incapable. Encombrant.

Est-ce parce qu'il ne mangeait pas à sa faim, qu'à seize ans, Tariq en paraissait trois ou quatre de moins ?

Dès l'aube, les paupières encore ensommeillées, il sillonnait la ville, grattait quelques sous en travaillant sur les marchés, dans les cafés ou les échoppes, chez les artisans ou les particuliers.

N'importe où.

Dans le pire des cas, il glanait entre les étals les légumes ou les fruits abîmés, encore mangeables.

Tariq habitait au bas de notre rue et mon père ne manquait jamais une occasion de l'inviter à partager notre repas. Il repartait avec un gros bol de semoule, un reste de chorba.

Tout le monde l'aimait bien. Rien ne paraissait pouvoir entamer sa belle humeur. Et lorsqu'il souriait, c'était le monde entier qui vous semblait plus beau, d'un seul coup.

Car son avenir se jouerait ailleurs, loin de la laideur de son monde. Il en était convaincu depuis ce jour où, à peine plus haut que trois pommes, ses yeux s'étaient arrêtés sur cette carte postale, punaisée au mur d'un café dont il balayait le sol semé de mégots.

Il s'était figé, balai en main, bouche bée.

– C'est où, monsieur Hassan, là, sur la photo ? avait-il demandé au patron.

Le cafetier avait grogné devant son journal, ouvert à la page des sports.

– Hein ? Quoi ? Ah ça. C'est en Allemagne, à Berlin…

– Et on y va comment, à Berlin, monsieur Hassan ?

L'autre s'était gratté le front, en reniflant.

– Ben, ça dépend. Le gars qui a envoyé la carte, il a commencé par s'engager comme marin, sur un cargo. Et par la suite il a bien bourlingué, crois-moi, avant d'atterrir là-bas. Une longue histoire, petit.

Les pupilles lumineuses, le gamin s'était alors exclamé :

– Eh bien moi aussi, monsieur Hassan, un jour je prendrai un cargo pour Berlin !

L'autre en avait tellement rigolé, de ce raccourci, qu'il lui avait refilé l'image – avec en prime l'enveloppe, conservée jusque-là pour son timbre.

Et on avait eu beau lui répéter, à Tariq, qu'il n'y avait pas assez d'eau à Berlin pour accueillir un cargo, il en avait fait sa formule magique, toutes ces années, son abracadabra à lui.

Y

Les bidons d'essence sont chargés sur des pick-up et s'évanouissent dans le grondement des moteurs. Après leur départ, des nuages de poussière restent longtemps en suspension dans l'air, avant de retomber.

L'homme noir est mort après un dernier grognement désespéré. Les passeurs ont obligé ses compagnons à porter son cadavre hors du camp, pour l'ensevelir sous un manteau de pierres.

Loin de chez lui et de ceux pour lesquels il avait entrepris ce voyage.

Anonyme.

Puis vient le soir. L'horizon se mue en une ligne rougeoyante. Les collines se teintent de violet et la nuit monte vers le ciel, qu'elle assombrit.

C'est au tour des hommes de se mettre en route.

Les chemins se séparent ici. Les au revoir sont bousculés. Un peu maladroits. On gomme des voix les émotions. On se souhaite bonne chance. Et qui sait ? L'existence est tellement pleine de surprises. On se recroisera peut-être un jour, dans la vieille et riche Europe.

Les hommes grimpent à bord des camions. Les passeurs montrent moins d'égard pour eux que pour le précieux liquide noir. On les pousse, on les entasse.

– Avance, eh Négro, avance vers le fond ! Plus vite ! On n'a pas que ça à foutre !

On les prévient. En cas de barrage routier, de contrôle, de toute rencontre avec une patrouille de police ou l'armée, il faudra sauter sur le bas-côté, courir.

Et ce sera chacun pour soi.

N

Il ne suffit pas de fuir, pour se défaire du passé. Ce serait trop facile.

Les souvenirs sont obstinés et se faufilent. Malgré moi. Parce que ça ne s'oublie pas, une première fois. C'est précieux. Un regard. Une parole échangée. La petite flamme, fragile encore, qui vacille avant l'embrasement.

Cela ne s'oublie pas, un premier amour.

Je travaillais depuis un mois chez les Bouraoui. Ce matin-là, cette vieille carne de Fatima m'avait ordonné d'aller battre au-dehors le lourd tapis de l'entrée.

La corvée, une de plus.

Cette vipère régnait en despote sur les employées. Elle me jalousait et ne m'épargnait aucune humiliation. « Quel grand honneur ! s'était-elle écriée, pleine de morgue, après que sa patronne m'eut confiée à ses soins. Une savante parmi nous ! Ne t'inquiète pas, ma chérie, tu ne te fatigueras pas trop. J'y veillerai ! »

Le tapis pesait des tonnes et c'est en hissant mon fardeau sur la balustrade que j'ai vu Idriss.

Adossé au tronc d'un arbre, baigné par l'ombre des frondaisons. Un néflier et des rosiers, en arrière-plan.

Un livre était posé sur ses genoux, large, à la couverture plastifiée. Un livre de cours. Et j'ai tout de suite remarqué ses mains, aussi fines et gracieuses que les mains d'un enfant.

De temps à autre, l'une d'elles quittait les pages puis venait se perdre dans la broussaille de ses cheveux noirs. Il était très beau, portait des habits amples, bien coupés. Un garçon riche. Presque un homme.

Et pour moi, le coup de foudre – comment appeler cela autrement ?

Un sentiment si soudain, si violent, qu'il vous laisse pantelante, le souffle court.

Le téléphone portable, posé près de ses pieds nus, a vibré. Il s'est saisi de l'appareil, m'a vue. Un sourire a étiré ses lèvres. On y lisait à la fois de la surprise, de l'amusement et un soupçon d'ironie.

Puis autre chose, qu'il n'essayait même pas de dissimuler. Dont je ne savais presque rien, encore, sinon ce que j'avais saisi dans les conversations. Quand les femmes se réunissent, causent en gloussant.

Du désir.

Ses yeux sombres, posés sur moi, se sont plissés un peu plus. J'ai rougi. Gênée.

Un peu honteuse, aussi.

De quoi j'avais l'air, avec ce vieux foulard autour de mes cheveux, ces vêtements de travail aux couleurs fanées ?

Très vite, je me suis détournée.

– Reste, je t'en prie ! s'est-il écrié. Je n'ai parlé à personne depuis ce matin et ce bouquin d'économie, il va me rendre fou. Reste, s'il te plaît…

Sa voix était chaude et douce comme le miel.

Y

Le cœur en béton d'une cité, la nuit, palpite à un rythme dont Nour ignorait tout.

La nuit, à Saïda, elle ne sortait jamais.

Les bruits sont différents, les mouvements altérés. Une ville prise par l'obscurité parle d'une autre voix. On dirait qu'un voile de mystère recouvre les scènes les plus anodines.

Des automobiles élégantes s'interpellent en klaxonnant, à leur bord, une jeunesse dorée se trémousse au son d'une musique tapageuse – Nour essaie très fort de ne pas penser à Idriss, pas maintenant, plus jamais.

Les joueurs de dominos abattent leurs rectangles blancs sur les tables, avec des claquements secs, tandis que des insectes se cognent aux ampoules électriques dans la fumée lourde du tabac et du kif.

Éclats de rire tonitruants, altercations vives, prises de bec, fêtes en hauteur sur les terrasses, noyées par les youyous, percussions et crotales, œillades ou regards noirs, jérémiades d'éclopés, mendiants aux mains tendues en conque, devant eux, voitures à bras – « *Balek ! Balek !* » –, petits cireurs cognant leurs brosses en rythme, pour attirer le chaland, prêcheurs, fumeurs de narguilé, militaires en treillis, vendeurs à la sauvette, aux yeux caves, commerçants installés, bien gras.

L'offre, la demande, l'action, l'inertie. Des bribes de la vie des autres, sans fard.

La nuit grouille, s'émancipe des contraintes du jour.

Puis il y a cette présence écrasante dont l'odeur, par instants fugitifs, vous remplit les narines, que l'on devine sans la voir ni l'entendre – son souffle couvert par la rumeur urbaine.

La mer.

Tariq et Nour meurent de faim. Chaque maison, chaque fenêtre, chaque porte semble exhaler des relents de cuisine, de poissons frits, de viande grillée, de légumes mijotés, de menthe, d'épices.

Ils achètent pour quelques sous des brochettes, un pain d'orge, s'assoient à l'écart, dans une impasse chichement éclairée par les lumières tombant des étages.

Nour sursaute au miaulement furieux d'un matou de gouttière importuné, un cri semblable au vagissement d'un nourrisson. L'humidité a dessiné des formes comme des silhouettes tordues sur le mur derrière eux. Une main y a ajouté des détails obscènes.

– On a réussi, Nour, on est passés ! Tu te rends compte ?

Elle lui rend son sourire.

– J'ai du mal à réaliser. Ça semblait presque impossible… On peut dormir où, tu crois ?

– Je sais pas trop… Peu importe, cette nuit, pourquoi pas ici ? C'est tranquille, personne ne viendra nous déranger. On se rendra mieux compte demain et puis c'est provisoire, hein, nous ce qu'on veut c'est traverser…

Elle acquiesce en silence. Ils se pelotonnent l'un contre l'autre, dans un angle, achèvent leur repas. Un chien, quelque part, se met à aboyer furieusement. Une voix d'homme le fait taire d'un ordre hurlé à pleins poumons.

Ça pue l'urine.

Terrassés par la fatigue, ils finissent par s'assoupir.

N

Idriss venait d'Oran. Ses parents l'avaient « exilé » – selon ses mots – chez son oncle et sa tante, afin qu'il y passe un mois d'août studieux. Il avait raté son bac, redoublait sa terminale. Après une année aussi médiocre, on avait jugé plus prudent de l'éloigner d'amis trop portés sur la fête et les plaisirs.

Peu de temps après notre première rencontre, Mme Bouraoui avait pris la peine de faire les présentations.

– Nour est une élève exemplaire, avait-elle dit, tu ferais bien de t'en inspirer. À l'occasion, n'hésite pas à lui demander conseil, ce ne sera pas du temps perdu…

Sa remarque avait fait naître un sourire sur le visage d'Idriss.

Car si nous gardions une distance polie en présence des Bouraoui, nous nous retrouvions dès qu'ils s'absentaient.

Et moi, je vivais uniquement pour ces moments-là.

Il ne ressemblait pas aux hommes que je côtoyais. Il était plein d'insouciance, de légèreté, de fantaisie. Il possédait la grâce et la décontraction des gens nés sous une bonne étoile.

Je me régalais de ses récits oranais.

– Ça n'a rien à voir avec ici, disait-il, la ville est incroyable, elle te plairait, forcément. Il y a l'ambiance, la musique, la plage, les sorties, la douceur de vivre... Un mélange unique, une espèce de magie.

J'étais flattée d'entrer de cette façon dans son existence, par une porte dérobée, de m'y trouver une petite place. Celle de la confidente. Je me sentais vaguement incrédule, aussi – un univers entier nous séparait –, mais j'étais assez naïve pour croire que les sentiments avaient le pouvoir d'aplanir les différences.

Car très vite, notre complicité a grandi.

Et l'impatience, avec.

Je le revois encore, à peine levé, ébouriffé, cigarette aux lèvres, portable à la ceinture. Moi, je frottais le sol à grande eau avec du savon noir. Il se postait dans l'encadrement de la porte, gardait un moment le silence puis lançait, désinvolte :

– Après le déjeuner, je t'attends au jardin, Nour, rejoins-moi quand tu veux...

– J'arrive... Je fais vite, promis.

J'avais des scrupules à négliger mon travail.

Pas mal d'appréhension, aussi. Mais Idriss savait balayer mes craintes d'un revers de la main.

– N'aie pas peur de Fatima. Cette vieille chèvre n'osera rien dire, n'oublie pas que je suis le neveu de ses patrons. Et puis quoi ? Tu m'aides. Qu'est-ce qu'il y a de mal à ça ? Je t'assure, c'est plus facile d'apprendre avec toi. Tout me semble évident, quand tu es là...

Il rêvait d'universités américaines aux noms ronflants, de commerce international. Côte à côte, assis en tailleur près du figuier et de la fontaine ronde qui glougloutait, nous passions en revue sa grammaire anglaise. Le vieux jardinier inspectait les lauriers-roses et le bougainvillée.

– Je connais Bill depuis dix ans.

– I've knewn Bill for ten years ago.

J'étouffais un gloussement moqueur.

– Pas *knewn, known*... tu peux me dire à quoi il te sert, *ago* ?

Accablé, il laissait tomber son visage sur mon épaule. Ses lèvres près des miennes, à les toucher, il murmurait :

– Je suis nullissime, Nour, c'est le naufrage, sauve-moi...

Le temps passait trop vite, avec Idriss, le temps manquait.

Nous guettions le retour des Bouraoui. Le crissement des pneus sur le gravier nous prévenait que l'une ou l'autre des automobiles remontait l'allée. On se séparait alors, à regret.

Je réintégrais mon rôle.

Un rictus méprisant tordait un instant la bouche fripée de Fatima lorsque je réapparaissais devant elle. Puis son mufle reprenait un air buté, hostile.

Vider un poulet faisait gigoter la chair flasque de ses bras.

Elle se taisait.

Pour l'instant…

Y

La mer n'est pas bleue, comme on le raconte, mais plutôt d'un gris tirant sur le vert. Et elle semble en effet infinie. Des vagues ourlées d'écume déferlent vers la côte, puis repartent. Mouvement hypnotique. On dirait un animal qui rampe, jamais apaisé. Indifférent au monde.

Cependant, ils sont ici pour s'en faire un allié.

Tariq et Nour se mêlent à un attroupement absorbé dans la contemplation du port, depuis les hauteurs de la médina. Aux balcons, hérissés de paraboles, sèchent des guirlandes de linge.

Par-delà les murs et les grilles, de gigantesques grues hissent les conteneurs dont elles chargent les navires à l'ancre. Des véhicules de service circulent entre les hangars. Avec de grands gestes des bras, des hommes vêtus de gilets aux bandes fluorescentes font se ranger les semi-remorques.

Mais c'est le ferry qui retient l'attention. Le géant blanc.

Car l'ogre a faim. Et il offre un spectacle fascinant. Avec un appétit insatiable, il se remplit les flancs. Son ventre béant, jamais rassasié, absorbe du deux-roues à l'autocar.

Cela dure longtemps. Bientôt, des passagers surgissent des coursives, se massent sur le pont arrière, adressent des au revoir, se penchent au-dessus du bastingage, à l'aplomb d'une eau mousseuse.

– Ils ont les papiers qu'il faut, eux, avec les tampons, les signatures, ils peuvent aller et venir, ils sont libres.

Tariq a prononcé ces mots à mi-voix, pour lui-même. Il ne remarque pas le garçon, devant lui, qui se retourne, hausse les sourcils derrière ses verres fumés.

Chacun retient son souffle lorsque enfin le cri puissant d'une sirène retentit, dont l'écho se perd au loin. Des mouettes prennent leur envol. La mer se met à bouillonner et le bateau frémit. Il se détache du quai, puis s'éloigne, escorté par des nuées d'oiseaux dont certains décrochent du groupe pour piquer vers la mer.

Tariq le suit des yeux et là il voit.

– Re... regarde, Nour ! Regarde !

Son bras se tend. Au bout du doigt pointé, sur l'horizon, la brume se déchire, s'ouvre en deux pareille à un rideau de théâtre. L'Espagne apparaît. Les montagnes andalouses après la frontière liquide. Le rêve que l'on peut, faute de le toucher encore, désigner tant il est proche.

N

Idriss n'avait rien brusqué. Jamais. Les choses s'étaient enchaînées comme si elles allaient de soi.

J'étais folle de lui. J'ai cru qu'il m'aimait.

Les rayons du soleil, à travers les persiennes, jouaient sur les murs de sa chambre, vaste, luxueuse, où régnait un désordre d'étudiant.

Ombres, lumières.

Ses lèvres se posaient sur les miennes. Je n'avais jamais embrassé de garçon. C'était merveilleux. Doux, tendre. Très beau.

Ses mains remontaient de mes hanches à ma poitrine, se promenaient sur mes jambes, le long de mes cuisses.

Et ses mots m'enivraient.

– Je veux que tu sois à moi, Nour, disait-il, pour toujours…

Pour toujours.

J'aimais ses doigts qui caressaient mon visage, sa bouche sur ma nuque. Il m'emmenait là où il voulait. Sa voix, dans mon oreille, parlait de nous. Je me sentais faible. Un agneau. Tout entière blottie dans ses paumes.

Résister ? Mais pourquoi ? Où était le mal ? Depuis quand était-ce un crime, de faire l'amour ?

Je me suis donnée à lui. Sans calcul.

Je restais sourde à cette petite voix, raisonnable, grinçant à mon oreille. Fais attention, Nour, disait-elle, il ne faut pas, c'est mal, Nour, mal de…

Mais je la faisais taire.

La petite voix donneuse de leçons était noyée sous les baisers d'Idriss, sous la peau d'Idriss qui effleurait la mienne, sous le corps nu d'Idriss contre mon corps nu…

– Je t'aime, murmurait-il, je t'aime… Et je veux que tu sois à moi.

Y

L'attroupement s'est brisé. Le ferry a pris le large, mais un autre attend déjà son tour. Un troisième approche des côtes, prêt à régurgiter sa cargaison sur le quai. Sa proue fend l'eau, bleue à présent que le ciel est dégagé.

En bas, le ballet des grues se poursuit sur le même rythme. Tariq et Nour contemplent le mouvement incessant du port, dans lequel ils semblent chercher une réponse. Car c'est là, quelque part au milieu de cette fourmilière, que se trouve leur salut.

La voix les fait sursauter. Elle est chaleureuse, pourtant, sans rugosité.

– Eh ! Vous arrivez d'où, vous deux ? Vous êtes nouveaux, hein ? Et un peu paumés, non ? Avec vos yeux ronds, vous me faites penser à deux poules devant un couscoussier… D'Algérie ? Pas pour le tourisme, je me trompe ? Laissez-moi deviner : c'est le premier ferry que vous voyez partir d'ici… sans vous. C'est pas le dernier, croyez-moi. Il y a des harragas[1] qui moisissent ici depuis des années…

Le garçon fait passer un cure-dents d'un coin à l'autre de sa bouche. Il porte des lunettes de soleil, des copies bon marché de Ray-Ban. C'est un accessoire un peu curieux tant sa tenue est piteuse. Un anorak maculé de boue, déchiré aux coudes. Des baskets en lambeaux, rafistolées avec de la ficelle. Un bonnet en grosses mailles lâches.

Malgré cela, un charme remarquable se dégage de lui. Ce sont ses yeux. À la pupille anthracite. Aux cils longs, épais. Enchâssés dans leurs orbites, mais intenses et lumineux.

Ses mots giclent sans temps mort :

– Moi c'est Ahmed, mais en Espagne on me surnommait *Harraga News*. Parce que si t'as besoin d'un renseignement, n'importe lequel, tu me demandes. Il s'adresse à Nour : Ça te fait sourire ? Les autres, ici, ils rigolent aussi. *Harraga News*, ils disent, tu nous fatigues, ferme donc un peu ta bouche. Tu te crois fort parce que t'es passé une fois, mais t'es aussi pouilleux que nous. Ils verront, un jour, ils verront bien… Et vous deux, alors ? Vous faites quoi ? Vous savez où aller, au moins ? Et comment ça marche, ici ?

1. Mot originaire de l'arabe maghrébin harrāga, harrāg, « qui brûlent » (les papiers) ; également : migrants qui brûlent (traversent clandestinement) le détroit de Gibraltar – « les brûleurs du détroit ».

Pas trop, hein. Allez, suivez-moi. Faites pas cette tête, merde, vous craignez rien. Je vole qu'aux riches, quand j'y arrive. Et puis vos survêt' sont trop moches, on en a de meilleures copies, au marché. Venez ! Profitez-en, je vous fais la visite. On va commencer par le camping, c'est pas le grand luxe mais le prix est raisonnable. C'est par là. Croyez-moi, si vous restez seuls dans votre coin, vous êtes foutus.

N

La première fois, il y a eu cette douleur brève, puis un peu de mon sang qui a souillé le drap.

Y

Un chalutier cabote au loin. Son chemin croise un pétrolier à la coque rouge et noire. On dirait deux jouets. C'est étrange comme, sur une si vaste étendue, les choses les plus grosses paraissent dérisoires.

Ils marchent. Ahmed croque à pleine bouche une tranche de pastèque d'un bel écarlate. Le jus coule sur son menton et il recrache les pépins noirs.

Il parle :

– On leur fout une trouille pas possible, à ceux d'en face, dit-il, vous imaginez pas. Ils auraient moins peur d'une invasion d'extra-terrestres. À croire qu'on va leur refiler des maladies inconnues ou polluer l'air qu'ils respirent. Sans déconner, si les Africains se mettaient à boire l'eau de la mer pour traverser à pied, ils seraient bien capables de pisser tous en même temps, de l'autre côté, histoire de faire remonter le niveau...

Les trois éclatent de rire. C'est bon. Et tellement rare. Un pied de nez à leur dénuement.

– Tu as dit que tu avais déjà réussi à brûler, demande Tariq, pourquoi t'es revenu ? Et puis c'était comment, de l'autre côté ?

Ahmed soulève son bonnet, se gratte le front. Il a l'air de faire le tri dans ses souvenirs.

– Au début, ben… c'était le paradis. J'étais mineur, alors ils ne pouvaient pas m'expulser. Ils m'ont amené dans un foyer d'accueil. Un lit, une douche, je mangeais à ma faim. Le grand luxe, quoi… On avait droit à des cours. J'avais pas souvent mis les pieds à l'école, avant, mais là j'adorais. Nos profs étaient super sympas. J'ai appris à lire et à écrire, l'anglais, plein d'autres choses encore. Une vraie éponge. Ils m'ont collé devant un ordinateur : la révélation ! Face à mon écran, je m'imaginais devenir le Bill Gates marocain, pas moins. Je suis resté presque deux ans en Espagne, puis les choses se sont gâtées. J'allais être majeur. Les responsables du foyer ont fait leur possible pour me garder. Au service de l'immigration, ils ont expliqué à des types assis sur leurs gros culs derrière un bureau que je travaillais dur. Mes profs avaient même pondu des lettres de recommandation, des bafouilles comme quoi Ahmed faisait son maximum dans l'optique de s'intégrer – et patati et patata. Mais ces messieurs s'en foutaient royalement… Moi, j'ai été con. J'aurais dû me barrer, vite fait, mais j'avais confiance. Résultat : les flics m'ont renvoyé par le premier bateau, sans me laisser le temps de souffler mes bougies d'anniversaire...

Il s'interrompt. Ils sont arrivés, c'est là. Et *là*, franchement, ça ne ressemble pas à grand-chose. C'est une espèce de terrain vague à deux pas du port. Il y a bien une couche de sable, en dessous, mais personne n'oserait appeler cet endroit une plage.

Une décharge, peut-être, mais une plage...

On y trouve, en vrac, des amas de parpaings, de briques, des bâches trouées et pas mal d'ordures.

Un groupe de garçons est assis au milieu de ce fatras. Certains fument. Quelques-uns respirent de la colle, tour à tour. La plupart d'entre eux se contentent d'être *là*, le regard perdu dans le vide.

Les visages sont osseux, les yeux injectés de sang, la pupille comme recouverte d'un voile translucide.

– Nous, on dort ici, explique Ahmed, on se fabrique un abri avec ce bordel, des espèces de terriers, des trous à rats. Il y en a toujours de libres, vous pouvez choisir le vôtre, celui qui pue le moins... Je vous conseille d'en prendre un à deux, vous aurez moins froid et on sait jamais, c'est plus sûr. Faut les bourrer de cartons secs, puis garder tous ses habits sur soi, à cause de l'humidité...

Il ajoute que pour fêter leur arrivée, ce soir

il les emmène sur le port. Parce que demain, ce sera le baptême du feu.

– J'ai jamais vu personne brûler du premier coup, mais on sait jamais, un jour de chance…

N

Il n'a pas fallu bien longtemps pour que Mme Bouraoui soit informée. Fatima ne risquait plus grand-chose à nous dénoncer. Au contraire. Elle pouvait même endosser le bon rôle, celui de madame la Vertu. Je m'imagine l'hypocrite, drapée dans sa dignité, tordant ses gros doigts rouges et tatoués, arborant son air le plus faux. Du genre : « J'aurais préféré ne pas avoir à le faire, mais il est de mon devoir… »

Trop heureuse de révéler au grand jour la petite catin qui s'était glissée parmi eux.

Mme Bouraoui est venue me chercher en cuisine, où j'écossais des fèves. Elle m'a demandé de la suivre dans son bureau. Sèchement. Idriss s'y trouvait déjà. À piétiner d'un pied sur l'autre. Plus beau que jamais avec ses traits délicats, ses pommettes hautes, la ligne parfaite de son nez. Une mèche de ses cheveux tombait sur son front, en accroche-cœur.

Sa tante s'est campée devant nous. Le ton de sa voix était tranchant :

– Je sais ce qui s'est passé, pas en détail mais

suffisamment. À présent, j'ai besoin de savoir si vous l'avez fait… jusqu'au bout, vous comprenez ? Est-ce que vous l'avez fait jusqu'au bout ?

Si j'avais pu, alors, disparaître sous terre.

– L'avez-vous fait, oui ou non ?

Sur le mur, le regard perçant de Samuel Beckett me dévisageait.

Idriss a acquiescé, un mouvement du menton à peine perceptible. Mme Bouraoui s'est passé les deux mains sur le visage. Ses traits étaient tirés, douloureux.

Puis les phrases ont claqué dans l'air, Idriss devenu l'objet de sa furie, d'un seul coup :

– Petit imbécile ! Tu n'as donc rien dans la tête ? Tu sais pourtant bien… tu connais les conséquences !

Et lui ne parvenant qu'à balbutier :

– Je… je sais bien, ma tante, je n'aurais pas dû, je sais, mais… mais ce n'était… enfin, ce n'est pas si grave…

Je l'observais du coin de l'œil. Sa main, coulée dans sa tignasse, me dérobait une partie de son visage.

Raclements de gorge. Les mots lui brûlaient la langue, en suspens quelques secondes avant de s'abattre, tels un couperet :

– … avec… avec une servante.

Je jure qu'à cet instant, Mme Bouraoui aurait pu le gifler. Mais elle s'est contentée d'une moue pleine de dégoût. Elle m'a dit de rentrer chez moi. Elle allait avertir son époux et ils viendraient voir mes parents, ensemble, le plus vite possible.

– File ! Dépêche-toi, file d'ici !

Je n'ai pas pris l'autobus. J'ai marché – presque couru – jusqu'à chez nous. Des mèches folles s'échappaient de mon foulard, voletaient devant mes yeux. J'ai heurté une femme âgée. Elle a laissé échapper un sac en plastique noir, m'a crié quelque chose, peut-être une injure.

Je m'en fichais.

Car quoi qu'elle ait pu dire, elle serait toujours à mille lieues de l'humiliation que je venais de subir.

« … avec une servante. »

J'ai poursuivi mon chemin dans un brouillard. Je me répétais que rien n'était arrivé. J'avais fait le geste, prononcé les paroles qui auraient pu tout arrêter, à temps.

Mais non.

J'ai compris, enfin, qu'il n'y aurait pas de retour en arrière possible.

L'irréparable, on appelle ça.

Y

Une brume s'est levée. Elle s'effiloche et rampe au ras de l'eau. Les bateaux semblent flotter sur des nuages.

– C'est une bonne nuit pour brûler, affirme Ahmed. En tout cas pas pire qu'une autre, ajoute-t-il.

L'appel du muezzin retentit, les haut-parleurs crachotent, poussés au maximum.

Ils se sont postés sur un haut mur grignoté par le vent du large. Un point de vue imprenable sur le port où des ombres clandestines avancent, se tapissent dans les recoins, se fondent avec d'autres ombres.

– J'imaginais pas qu'il y aurait autant de harragas, chuchote Tariq.

– Eh, tu te crois seul à rêver ? On est des centaines, à Tanger. La ruée vers l'or, ça excite pas mal de monde… Y a des gars, ils ont des valises de diplômes, mais pas de boulot. Alors un jour, ils en ont ras le bol de tenir les murs et ils débarquent ici. Prêts à tout. Même au pire. À mendier des restes de nourriture, à choper la gale, à ramasser les mégots, à se battre, à voler, à finir en taule et j'en passe…

Des dizaines de poids lourds sont rangés et patientent. Les chauffeurs somnolent ou écoutent la radio, assis derrière leur volant. D'autres discutent, en petits groupes.

– Si t'es une tête brûlée, tu peux tenter de grimper sur les camions avant qu'ils n'arrivent au port. Tu vois des gosses leur courir après dans les rues, de vrais lévriers. Ça m'étonne toujours qu'un Marocain ne soit pas encore champion olympique du cent mètres. Bon, le risque, c'est de s'aplatir sur le bitume. D'autres ne nagent pas mieux qu'un plat à tajine, mais tentent d'aborder les ferrys par la mer. C'est pas rare qu'ils se retrouvent dix mètres en dessous, à taper la causette avec les méduses. Tu peux aussi te glisser dans une remorque, mais faut arriver à l'ouvrir. Puis t'as intérêt à bien choisir : un camion frigorifique et tu finis ta carrière en bonhomme de neige, ça s'est vu. Les essieux, c'est un grand classique. T'es dans le rôle du morpion accroché à une paire de couilles. Le danger, c'est de tomber sous les roues. Bref, t'as l'embarras du choix pour mourir… Eh ! Regardez, là !

Une silhouette, à l'affût, quitte son abri. C'est un très jeune garçon. Qui rabat sa capuche sur la tête. Sous les éclairages, il s'approche en courant de l'arrière d'un camion. Il teste le système de fermeture, tire dessus à plusieurs reprises. En vain. Il se faufile vers le flanc du véhicule dont il examine le ventre, accroupi. Un homme, engoncé dans un blouson frappé des huit lettres du mot *SÉCURITÉ*, surgit en toute hâte. Il se déplace vite malgré sa corpulence. Il saisit le gamin par le col de son anorak, le tire rudement vers l'arrière, le fait basculer sur le sol. Puis il le bourre de coups de pied et lui braille les pires grossièretés. L'enfant se protège avec les avant-bras. « Pardon ! supplie-t-il. Pardon ! » Il parvient à rouler sur lui-même, échappe à un coup, un deuxième, se redresse, manque de rechuter mais garde assez d'équilibre pour s'enfuir, traînant la patte.

La scène n'a pas duré trente secondes.

– Faut quand même le savoir, commente Ahmed, à ce putain de jeu du chat et de la souris, on perd presque toujours…

N

Mon père venait de rentrer de son travail, des flocons de plâtre dans ses cheveux, lorsque la Mercedes aux vitres teintées s'est rangée juste devant notre porte, cette fois-ci. Au plus près. Il y a eu quelques échanges. Les politesses d'usage. Vite expédiées. Les mots creux qui en ont précédé d'autres, tellement plus acérés.

Un peu plus tôt, j'étais arrivée en larmes et m'étais murée dans le silence.

– Monsieur et madame Bouraoui vont venir, expliquer… avais-je seulement réussi à ahaner entre deux sanglots.

Il s'en était failli de peu que j'ajoute : « … et me sortir de là… une fois de plus. »

J'ai pris les jumeaux avec moi dans la cuisine. Je me suis installée sur le carrelage fendu, dos au mur, j'ai écouté. Les voix me parvenaient par le petit couloir.

Ma mère a dû faire un mouvement vers la porte, puisque mon père lui a demandé de rester. Il y a eu un silence gêné. Puis la tante d'Idriss a parlé. Elle a raconté ce qu'elle savait. D'un ton posé.

– Nour est encore très jeune, c'est presque une enfant, a-t-elle ajouté, elle a été bernée, elle…

Jusqu'au bout, ils auront tenté l'impossible.

Il y aurait compensation, a précisé M. Bouraoui, ils y veilleraient. Oui, assurément, ils feraient le nécessaire pour aider, réparer, ils…

Mais mon père l'a coupé.

Je ne reconnaissais pas sa voix. Tendue à se rompre. Blanche. Terrible.

Il a dit qu'il ne saurait être question d'argent ou d'autre chose. J'avais commis une faute grave. J'avais trahi la confiance de mes proches.

Je serais punie.

Et la punition serait à la hauteur de la honte qui rejaillissait sur la famille entière.

Il a remercié les Bouraoui de leur générosité.

– Nous avons commis une erreur, a-t-il dit, les filles comme elle ne font pas d'études.

« Les filles comme elle. »

Il y avait une telle violence, dans cette phrase, que personne n'a rien pu ajouter. Le silence ou presque. Juste un drôle de bruit de gorge. Ma mère. Un cœur qui se craquelle rendrait peut-être ce son-là. Les jumeaux eux-mêmes en ont interrompu leurs petites chamailleries.

C'était terminé.

Les Bouraoui sont repartis sans que j'aie pu

les voir et j'ai attendu sans bouger un muscle, les bras autour de mes jambes repliées, le menton entre les genoux.

Mon père a remonté le couloir. Il s'est campé devant moi. Sa mâchoire formait un angle dur, une veine palpitait follement à son cou.

Le poids du regard. L'accusation. La douleur.

L'air se raréfiait. L'espace de la cuisine semblait se réduire, lui aussi, jusqu'à m'étouffer.

– Je suis désolée, papa, je te demande mille fois pardon, je…

Ses pupilles se sont embrumées, ses lèvres se sont tordues, puis, très vite, il est sorti, claquant la porte à toute volée dans son dos.

Y

Un froid monte de la mer, il glace jusqu'aux os.

Les harragas ont fait un feu qu'ils alimentent avec ce qui leur tombe sous la main. Leurs vêtements font des taches de couleur au milieu des gravats. La fumée, âcre, pique les yeux, mais c'est un peu de chaleur. Ils sont assis sur des chapes de pneus ou allongés, immobiles. Au petit matin, les cendres étoilées de braises rougiront encore quand le bout d'un bâton viendra les remuer.

Tariq et Nour, eux, ne s'attardent pas. Ils n'ont que la force de se contorsionner à l'intérieur de l'abri qu'ils se sont choisi. Avec une tôle ondulée calée sur le dessus.

– Bonne nuit, voisins, fait Ahmed en pénétrant dans sa tanière.

Le mot pour rire, en toute circonstance.

Tariq et Nour sont dos contre dos sur le sol tapissé de cartons.

– Tu crois qu'on y arrivera ? demande-t-elle.

– Bien sûr. On essayera tant qu'il le faut.

– Tu n'as pas faim ?
– Si. Demain on achètera à manger… Tu regrettes pas ? Je veux dire : d'être venue ici. T'as été parfaite, mais faut reconnaître que c'est pas évident. Tu regrettes pas ?
– Non non, bien sûr que non… Je n'avais pas le choix, tu sais.
Il y a un blanc, et puis :
– Tes parents, je les aimais bien, ils ont toujours été gentils avec moi. Ça me fait drôle que… je les imaginais pas… enfin, pas le genre à…
Il ne poursuit pas sa phrase et elle ne répond rien. Pas la force d'expliquer. Pas ce soir. Plus tard, oui, mais pas ce soir.
– Je voulais pas t'ennuyer, reprend Tariq, excuse-moi… Faut essayer de dormir. Bonne nuit, Nour.
– Bonne nuit.
Tariq s'endort presque aussitôt. Son souffle régulier comme un moteur au ralenti. Nour, elle, reste éveillée. Elle se sent épuisée, pourtant. Au-delà même du sommeil.
Dehors, autour des flammes, les harragas parlent à mi-voix. Il y a le murmure de la ville, en bruit de fond, les vagues comme une respiration.
« Je les imaginais pas… enfin, pas le genre à… »
Nour ferme les yeux. Elle se sent crasseuse. Elle aimerait se laver, sentir bon. C'est tout bête,

ça. Sentir bon. Elle se demande quand elle pourra être propre, à nouveau. Elle se demande si elle pourra vivre normalement, un jour. Sans la peur. Elle voudrait ne plus avoir peur.

Un sanglot sec lui serre la gorge et elle ramène ses jambes contre elle, en chien de fusil.

C'est pour lui. Depuis le début. Elle va tenir pour lui.

N

Ma vie ne m'appartenait plus. J'étais devenue un objet honteux. Embarrassant. La brebis galeuse à ramener dans le droit chemin.

Coûte que coûte.

L'occasion pour Samir d'entrer enfin en scène. Depuis le temps qu'il attendait son heure de gloire, ce cousin de mon père, les trois coups et le lever du rideau. Depuis le temps qu'il prêchait ses idées courtes dans le vide.

Je ne serais pas étonnée s'il s'était présenté de lui-même à notre porte, sans que personne n'ait eu à le prévenir, aimanté par le fumet de la femme prise en faute – comme un chien renifle une poubelle éventrée.

Car il s'en était fait le spécialiste, du péché féminin, il s'était érigé depuis longtemps, déjà, en gardien de la morale. L'occasion était trop belle pour la laisser s'échapper : une sale petite traînée de son sang, quelle aubaine !

Fallait-il qu'il soit perdu, mon père, déboussolé, pour s'en remettre à cet homme bourré jusqu'à la gueule de certitudes.

Fallait-il qu'il ait été malheureux.

Et c'est donc en terrain conquis, les pupilles lumineuses derrière ses paupières tombantes, qu'est apparu cousin Samir. Il exultait, savourant son pouvoir, empressé de se charger des basses besognes.

Il a penché son visage veule vers moi, le torse aussi raide que ses principes. J'ai senti son haleine sur mon visage.

– Ça ne m'étonne pas de toi, a-t-il lâché dans un chuchotement.

– Moi non plus, ça ne m'étonne pas de toi, j'ai rétorqué, le fixant sans ciller.

Sa main s'est abattue sur mon visage. Je ne m'y attendais pas. Pas ça. Personne, jamais, ne m'avait frappée.

J'ai senti le sang, doux, salé, couler à l'intérieur de ma bouche, les larmes m'ont brouillé la vue. Ma mère a retenu un cri, ses doigts se sont posés en éventail sur sa bouche. Mon père, lui, a détourné la tête et sa lâcheté, cette incapacité à regarder son œuvre en face, m'a fait plus de mal que le misérable coup porté par un imbécile.

D'une voix où perçait des aigus, Samir m'a commandé de me taire.

– Tu n'as donc pas de pudeur ? a-t-il récité. Tu n'as donc aucune espèce de décence ? Ta seule présence est une offense à tes parents. T'en rends-tu seulement compte ?

Je le toisais de tout le mépris dont j'étais capable. Son petit numéro ne m'impressionnait pas. Je connaissais par cœur ce discours stéréotypé.

Ni repentance ni supplication. Mon attitude lui gâchait un peu son plaisir.

Un filet de bave se coagulait au coin de ses lèvres. Il s'est passé la paume sur la nuque.

– Très bientôt, tu feras moins l'impertinente, crois-moi, a-t-il dit.

Puis, s'adressant aux autres, avec cette fois-ci des accents de triomphe :

– J'ai parlé d'elle à des amis. Oh, rassurez-vous, des gens de confiance, qui savent garder un secret. Il y a cet homme, très respecté dans son village, il a du bien. Sa femme est morte en mettant au monde son sixième enfant, il serait prêt à se remarier sans trop – comment dire ? – sans trop faire le difficile. Cela pourrait s'arranger dès cet automne…

C'était comme si le fil aigu d'un rasoir avait glissé sur ma peau.

Y

S'introduire dans les limites du port. Attendre le moment propice. Courir. Ramper tel un lézard. Écorcher ses coudes, ses genoux. Se cacher dans les essieux, corps contre machine, coincé dans les entrailles puantes, sueur et cambouis mêlés.

Suivre, le cœur aux abois, le faisceau des lampes qui balaie le ventre du camion, accompagné par le gémissement de chiens policiers.

Voir le ballet de lumière stopper net.

L'aboiement humain claque dans la nuit : « Eh toi ! Sors de là ou je lâche le chien ! Sors tout de suite ! »

Se faire bousculer, matraquer, insulter. Détaler vers la sortie, les poumons en feu, les vêtements collés à la peau par la sueur. Rejoindre les autres, marcher avec eux, sans but.

Longtemps.

Voir les pêcheurs rentrer dans la nuit finissante, décharger le poisson. Et la lune blonde se refléter dans l'eau où ses rondeurs frémissent.

Regarder les lumières de l'Espagne, les deux mains accrochées aux grilles.

Oublier les brimades, l'amertume, l'indifférence.

Puis recommencer, recommencer encore.

N

J'ai eu envie de mourir.

Qui éprouverait autre chose qu'une tristesse de façade ?

Mes pensées me ramenaient sans cesse vers Idriss. Je n'arrivais pas à le haïr. Était-il possible qu'il n'ait fait que semblant ?

J'ai pleuré. Sur nous. Sur notre histoire. Tant et tant de larmes en moi.

Puis je me suis tarie, comme desséchée de l'intérieur. Coquille vide. Distante. Spectatrice de ma propre existence, d'un monde devenu illisible.

Mon destin se jouait ailleurs.

On parlait de mon mariage. Je passais de main en main.

Alors la mort, oui, plutôt que vivre sous le joug d'un homme – déjà vieux, peut-être laid, répugnant – choisi pour moi. Et des enfants de cet homme. Je serais une esclave. Pas mieux.

Mais.

Ce cœur moribond m'a martelé à coups lourds une autre vérité. Mon corps n'avait pas eu le temps de m'avertir, mais lui savait déjà.

Je n'étais plus seule : j'attendais un enfant.

Et quelle terrible ironie de découvrir une vie en soi, alors même que la vôtre vous échappe.

Y

La journée est une lutte. La nuit, elle, une autre forme de combat. Le sommeil est long à s'installer et quand il arrive enfin, l'angoisse y déambule en maîtresse des lieux.

Même à plusieurs, on ne se sent jamais plus seul. Même pelotonné contre d'autres, jamais plus insignifiant, vulnérable. Et il n'est rien d'aussi poignant qu'une voix appelant sa mère, entre deux reniflements.

Ya yemma.

Cette complainte est la leur, à chacun. Elle les tire de leur somnolence, les ronge.

Ya yemma.

Ils serrent les yeux, très fort. Des papillons blancs volètent en tout sens derrière les paupières closes.

Eux qui s'imaginaient durs, tenaces, se découvrent poreux et meurtris.

N

La révolte a chassé le désespoir.

Nous étions deux, à présent. Il fallait vivre – et partir – pour le sauver, lui. Le bâtard, l'enfant de la honte.

Alors, l'idée folle a germé : l'échappatoire, le cargo pour Berlin.

Seulement, il fallait faire vite.

Je ne sortais pas. On ne m'autorisait aucune visite. L'inoffensif Tariq ne partageait plus notre repas mais, par chance, j'étais souvent seule. Ma mère passait ses après-midi chez sa sœur, souffrante. Les jumeaux, eux, ciraient les bancs de l'école.

On avait jugé inutile de m'enfermer. À quoi bon ? Mon sort était scellé.

J'ai guetté son passage par la porte entrebâillée. Je connaissais ses habitudes, les heures de ses allées et venues.

– Tariq ! C'est moi, Nour ! Entre !

– Nour ? Qu'est-ce que tu…

– Entre vite, s'il te plaît, c'est important.

La porte à peine verrouillée, j'ai serré à lui faire mal son maigre poignet. Il a dû me croire folle – et sans doute que je l'étais un peu.

– Écoute bien : moi aussi je veux aller en Europe et on peut le faire ensemble, ce voyage, ici ils veulent me marier de force, tu comprends, de force et ça je…

Il paraissait sur ses gardes, un peu inquiet. Les mots jaillissaient de ma bouche en un flot désespéré :

– J'y ai réfléchi. Des années que tu me parles de ton projet, Tariq, j'ai bien retenu la leçon. Des faux papiers, un bateau depuis la côte, ici, c'est trop cher, et puis s'ils me retrouvent avant… enfin, tu comprends. Moi, je veux passer une frontière et disparaître, m'envoler sans laisser de trace. Je peux trouver assez d'argent pour le trajet jusqu'au Maroc. Il y a ma dot, mon trousseau. J'ai des bijoux. T'es débrouillard, tu pourras en tirer un bon prix. Et après, hein, on sera libres, Tariq. Penses-y : une vie ailleurs, tellement plus belle. Seul, tu n'y arriveras pas et moi non plus, mais à deux, à deux…

J'ai vu son regard vaciller.

– Mais… mais tu es une fille, c'est dangereux, tu…

Je l'ai interrompu.

– Ça peut s'arranger aussi. Sans problème. Tu me trouves des vêtements d'homme et je me coupe les cheveux.

J'ai souri – j'ai forcé un sourire –, avant d'ajouter :

– Un peu de crasse là-dessus et personne ne fera la différence. Toi non plus t'as pas un poil au menton, une vraie peau de bébé. On ne remarquera rien, crois-moi, c'est notre chance et faut la saisir, Tariq, faut la saisir maintenant !

Je lisais sur son visage l'inquiétude mêlée à un espoir fragile, encore, mais qui grandissait, semblable à un rond dans l'eau.

Je ne le lâchais pas. Il ne fallait pas qu'il m'échappe.

L'Europe. Un travail, un vrai. Les mandats que l'on envoie à sa famille et le retour au pays, enfin, dans une automobile allemande, une grosse cylindrée, les poches gonflées de billets.

Une revanche, Tariq, ta revanche.

Il a avalé sa salive.

– D'accord, il a fait, très pâle. D'accord…

Y

La lumière crue des néons agresse les yeux.

Ahmed, Tariq et Nour sont debout, épaules basses, bras ballants, regards vers le sol. Pareils à des garnements au piquet. Tariq frictionne ses poignets enflés, endoloris par la morsure des menottes que l'on vient de leur retirer. Un des deux policiers somnole, le tabac à chiquer forme une boule sur sa joue. L'autre ne tient pas en place.

Il tire de sa veste un paquet d'Olympic déchiré à un angle, glisse une cigarette entre ses lèvres. Puis il frotte une allumette. Le bout rouge s'embrase. Il observe le bâton se consumer. Lorsque la flammèche vient lécher la pulpe de ses doigts, il lâche le bout noir et tordu. Recommence. Théâtral. Un homme qui aime se mettre en scène.

À la sept ou huitième, enfin, il penche un peu la tête, allume la tige blanche dont il inhale une longue bouffée.

Puis il parle :

– Lui, on le connaît, mais vous deux, je vous

ai jamais vus… ou jamais attrapés. Dans ce cas vous êtes sacrément malins.

Il soupire, puis le ton monte d'un seul coup et il envoie son talon dans un meuble en ferraille dont les pieds glissent sur le lino.

– Putain, vous nous fatiguez, les harragas ! Vous êtes des cafards, on en écrase un, il en apparaît dix, c'est dégueulasse, ça grouille de partout et franchement, ça me dégoûte !

Il les dévisage tour à tour, puis son dos reprend appui sur le dossier de son siège. Il examine ses mains, s'arrache avec les dents un bout d'ongle qu'il recrache sur le bureau, devant lui.

– Vous avez de l'argent ? demande-t-il.

Son collègue tousse dans son poing et se frotte le nez. Tariq fait non de la tête.

– Vous voulez sortir d'ici comment, sans argent ?

Ahmed joint les mains devant lui.

– Chef, s'il te plaît…

– Ta gueule, toi !

– Chef, insiste Ahmed, notre argent on l'a jamais sur nous, il est à la banque, tu sais bien.

Mais l'humour du garçon, ce soir-là, n'est pas au goût du policier.

– La banque, hein ? Elle est où, ta banque, dans ton cul ? Ben tiens, justement : dépoilez-vous. Et si on trouve pas au moins quelques dirhams, ça va me mettre de très mauvaise humeur, vous êtes prévenus.

Nour se mord les lèvres pour les empêcher de trembler. La panique lui saute à la gorge comme une bête sauvage. Elle se sent prise au piège.

Le second policier bâille, puis s'étire. Le rotin de la chaise crisse sous son poids. Il se lève en ricanant. Il va se charger de la fouille. Apparemment, il aime ça.

Ahmed s'interpose.

– T'approche pas ! dit-il.

– Quoi ?

– Tu nous touches pas, fils de pute, t'as compris ?

Il y a un moment de flottement. Les hommes en uniforme semblent incrédules.

– Qu… quoi ?

Ahmed rend quinze ou vingt kilos au plus freluquet des deux, mais il ne se démonte pas. Il fait face. Pousse la provocation un peu plus loin. Le jeu est risqué, il en a conscience.

– Tu t'es trop masturbé, ça t'a rendu sourd ? J'ai dit que ta mère est une putain et j'ajoute que ta femme est une chienne en chaleur ! Ça te va comme réponse ?

Le policier jette sa cigarette au sol. Il respire vite, très fort. Les jointures de ses doigts blanchissent lorsqu'il serre les poings.

– Fais sortir ces deux-là, dit-il à son collègue, avec un rictus mauvais, on va s'occuper du macaque et il va regretter le jour où il est né !

N

À quelques mètres, ma mère était assoupie. Elle dormait chaque nuit d'un sommeil aux allures de coma, tant il était lourd et profond. Elle reposait, recroquevillée, sa tête tournée vers les jumeaux allongés côte à côte sur le matelas tiré dans un coin de la pièce, à même le sol, leurs poings fermés. Au matin, elle s'éveillait comme on émerge d'un KO, groggy, puis traversait chaque heure du jour en traînant les pieds, sa bouche prenant Dieu à témoin de sa misère. Ses yeux ne se fixaient sur rien.

Peut-être aurait-elle préféré ne pas se réveiller du tout ? Ou alors dans un monde différent de celui-ci, un monde sans moi.

Comment lui en vouloir ?

Mon père, lui, avait cette violence nouvelle dans les yeux, des plis d'amertume au coin des lèvres. Il passait ses soirées en compagnie de son cousin et d'hommes perpétuellement en colère, eux aussi, qui jugeaient puis condamnaient.

Sans appel…

Je me suis levée, j'ai rejoint la cuisine. Avec mille précautions, j'ai retiré de sa cachette le paquet qu'avait apporté Tariq.

Partir, mais ressembler à un garçon, avant.

Afin de l'aplanir, j'ai noué le foulard autour de ma poitrine, par chance assez petite – « juste à la taille d'une paume d'Idriss ».

J'ai chassé cette image d'un autre temps.

Enfiler le T-shirt CK, la veste et le pantalon de survêtement un peu larges qui finissaient de gommer mes formes, les baskets blanches, enfin.

Le plus difficile restait à accomplir, l'acte symbolique si j'avais eu assez de détachement pour chercher des symboles dans ma fuite éperdue.

J'ai pris les ciseaux aux bouts rouillés. D'une main, j'ai saisi une poignée de mes cheveux. Les lames émoussées mordaient au hasard, se tordaient dans l'épaisseur noire et brillante. De longs serpentins tombaient sur le sol.

Entre les pieds du tabouret, reposait le sac en plastique où se trouvaient mes vêtements de fille. Je me suis demandé pourquoi je les avais pliés avec tant de soin puisqu'ils finiraient sur un tas d'ordures, le moment venu. Le foulard gênait un peu ma respiration. Il fallait s'y habituer.

Je me suis hâtée. Tariq serait bientôt à l'angle de la rue. Les passeurs, eux, n'attendraient personne. Nous n'aurions pas de seconde chance.

J'ai ramassé les cheveux, balayant le sol de mes deux mains. Je les ai placés sur les habits, j'ai noué les anses du sachet, puis j'ai ajusté la casquette sur mon crâne.

J'avais les jambes en coton au moment de sortir.

– Nour ?

J'ai sursauté. Ma mère, hagarde, les yeux gonflés. Elle m'a parcourue de haut en bas.

– Mais qu'est-ce que tu…

Puis elle a compris. Son visage s'est crispé. Elle a tangué un peu sur ses pieds et j'ai craint qu'elle perde l'équilibre. J'ai avancé d'un pas pour la retenir. Elle s'est accrochée à moi, secouée de tremblements.

Son visage était très proche du mien.

– Pardonne-moi, Nour, elle a dit, pardonne-nous…

Les larmes suivaient les sillons de deux rides profondes, de part et d'autre de sa bouche. Elle a voulu parler encore, mais n'a pu que secouer la tête. On est restées ainsi. Mère et fille. Nous qui ne nous étions plus touchées depuis si longtemps. Enlacées. Impuissantes.

Puis j'ai murmuré :

– Je dois y aller, maman…

Elle a émergé de sa torpeur. Ses propos étaient heurtés, chaotiques :

– Hein ? Oui… oui… T'en aller, bien sûr… Il le faut, n'est-ce pas, il le faut… Mais attends,

attends une seconde, s'il te plaît, tu ne peux pas partir sans…

Des forces lui sont revenues. Les ultimes. Elle s'est hâtée vers ses placards, a glané de quoi grignoter, un peu au hasard, en a fait un paquet.

Je l'entendais renifler, marmonner des choses, j'entendais son malheur, présent et à venir.

– Que Dieu te garde, ma fille… a-t-elle réussi à me glisser, au moment où la porte se refermait sur mon passé.

Dehors, le ciel était étoilé, mais sans promesse. Je n'avais même pas pu embrasser mes frères.

J'ai dû me mordre les poings pour ne pas hurler.

Y

Ils attendent Ahmed. Avec un sachet de pois chiches grillés en guise de dîner. Quand ils ont froid, ils se lèvent, marchent en soufflant dans leurs mains. L'angoisse au creux de l'estomac, ramassée en une boule dure comme l'acier. Puis ils reprennent leur poste sur cette avenue sans âme, bordée d'immeubles gris.

Ils sont passés trois ou quatre fois devant des bains publics. Nour se prend à rêver de hammam, au luxe d'une eau brûlante sur le corps, à la caresse d'une pierre ponce dans des vapeurs épaisses.

Chez les Bouraoui, il y avait une baignoire d'angle, immense. Des faïences blanches et bleues, des savons en forme de coquillages, des tubes et des flacons parfumés. Une armée entière de produits de beauté *made in Paris.* « Un jour, tu prendras un bain ici et après, je te passerai la peau à l'un de ces trucs au monoï », avait dit Idriss, sans qu'elle sache bien s'il était sérieux.

Nour avait rougi. L'embarras. Le plaisir délicieux d'imaginer la scène.

« Un jour »…

Combien de ses phrases avait-il commencé de cette façon ? Combien de ses phrases avait-elle crues ?

La douleur est trop à vif pour qu'elle s'attarde sur cette pensée.

Les minutes s'étirent, interminables, puis un soleil pâle éclaire le haut des bâtiments. Enfin, avec une bordée d'injures, on jette un Ahmed mal en point – mais vivant – sur le trottoir poisseux.

Il se remet sur ses pieds, grimaçant, crache en direction de la porte qui claque, s'approche de ses compagnons d'infortune en boitant bas.

Lèvres fendues, pommettes violacées et un œil comme souligné d'un épais trait de khôl.

Il tente un sourire mais n'y parvient pas tout à fait.

– Ça… ça va ? demande Tariq.

– Génial ! rétorque l'autre, fidèle à son personnage, service quatre étoiles… J'y passerais bien mes prochaines vacances.

– Non, sérieusement…

– Sérieusement, j'ai pas supplié ces ordures, ajoute-t-il, plutôt crever que leur faire ce plaisir… Ils cognaient dur mais ils se sont vite essoufflés. Ces gros sacs fument trop, c'est une honte, aucune condition physique.

Ils descendent la rue. Ahmed clopine et Nour ose enfin la question :

– Dis… pourquoi tu as fait ça ?

Ahmed se plante, les mains sur les hanches, sur ce bout de macadam. Moins amoché, il aurait l'air goguenard.

– Pourquoi ? C'est toi qui me demandes ça ? Ils allaient mettre leurs sales pattes partout sur nous et t'allais pas y échapper. Je suis pas sûr que c'était une bonne idée qu'ils découvrent qui tu es… enfin, ce que tu es. Voilà pourquoi.

– Tu as deviné quand ?

– Eh ! Je bavarde peut-être beaucoup mais j'observe, aussi. Toi, tu dis jamais rien, t'es sur tes gardes, tu fais le dos rond. On dirait que t'as pas très envie qu'on t'examine d'un peu près… Mais t'as beau te forcer, t'as pas exactement les manières et l'allure d'un gars. Puis faut croire que je suis moins con que j'en ai l'air.

– En tout cas, merci.

– De rien. J'ai l'esprit héroïque. La veuve et l'orphelin, c'est mon truc.

Ils atteignent le vague terrain leur servant d'asile. Il y a un attroupement. Du tumulte.

Un garçon crie. Seul et perdu au milieu d'un groupe de harragas. Le vent du large gonfle son blouson. La morve fait luire son visage. Un insecte engourdi se pose même sur sa bouche, rouge comme une blessure, avant de reprendre son vol maladroit. Il ne le remarque pas.

Personne ne parle. Chacun sait qu'il pourrait être à cette place, à se tordre les mains, à contorsionner son corps au rythme haché des phrases qu'il régurgite telle de la bile, entre deux hoquets.

– Qu'est-ce qu'il a ? demande Ahmed.

Une voix lui répond :

– Il croyait que son frère avait réussi à brûler, dit-elle, il avait négocié avec un docker sa place dans un conteneur. Le bateau remontait directement en Angleterre, après une escale au Havre. La chance… Mais on a retrouvé son cadavre au milieu des algues, à deux kilomètres d'ici, déchiqueté par les rochers, les yeux bouffés, les chairs gonflées par l'eau.

Nour a un haut-le-cœur. Elle repense à l'homme noir.

Nous ne valons donc pas mieux que ça ?

– Je n'ai peur de rien, je suis déjà mort ! hurle le garçon. Personne ne veut de nous, ici, et l'Europe nous vomit ! Je suis un mort vivant !

N

Dans la voiture qui nous menait au lieu de rendez-vous des passeurs, il y avait cette chanson, *Ya rayah*, que j'ai écoutée pendant des années sur un walkman ramené du marché par mon père, jusqu'au jour où la bande magnétique de la cassette s'est emberlificotée dans les rouages de l'engin, puis a cassé.

Notre chauffeur dodelinait de la tête, chantonnait le refrain. Entraînés par le rythme, ses doigts tapotaient en cadence le volant.

Ya rayah win msafar trouh taaya wa twali.

Chhal madmou laâbad el ghaflin qablak ou qabli[2].

Soudain, il s'est rendu compte du sens des paroles. Il a coupé le poste, s'est éclairci la gorge. Il a jeté une œillade inquiète à Tariq, assis à l'avant, puis à moi, dans le rétroviseur.

2. « Toi qui t'en vas où pars-tu ? Tu finiras par revenir. / Combien de gens peu avisés l'ont regretté avant toi et moi. » (Rachid Taha)

Peut-être craignait-il que l'on change d'avis et qu'on refuse, alors, de lui régler sa commission ?

Un sacré pied de nez du destin, assurément, d'entendre ce morceau-là, à cet instant précis…

Y

Dehors, des bruits de pas précipités. Ils enflent jusqu'à former une cavalcade.

Une voix répète :

– Les garçons ! Les garçons !

Nour émerge. Depuis des jours, une toux sèche et têtue l'épuise. À tel point qu'elle n'a plus la force de reprendre cette partie de cache-cache absurde avec les policiers, dans ce décor portuaire parfumé au gasoil.

Les jours se succèdent, vides, rigoureusement semblables.

Elle avait cru que la mer serait une porte immense, mais elle s'est heurtée à un mur.

Elle frissonne. Elle a des courbatures dans tout le corps.

Il doit être tard. Tariq est parti. Il n'a pas voulu la réveiller. Il sait qu'Ahmed veille sur elle – il a confiance.

De plus en plus souvent, Tariq traîne en ville. Il s'absente pendant des heures, revient avec de la nourriture. Il noue des contacts, dit-il. Ils n'ont plus d'argent. Elle ne pose pas de question.

Le ciel est bas, d'une couleur de plomb. Ses yeux clignent dans la lumière sale. Sur le chemin qui serpente vers la route, un faisceau de mains se tend vers une femme vêtue de blanc. Petite, menue. Son foulard lui dessine un visage rond.

Ahmed fait signe à Nour de venir. Vite. Alors elle s'approche. Ses jambes la portent à peine.

– Qu'est-ce que… commence-t-elle.

– Du pain, dit-il, c'est du pain frais, encore chaud.

La magie de ces mots-là pour des ventres affamés.

La femme pioche dans un grand sac à farine. Et donne. Elle a un regard doux, fatigué. Sa voix est recouverte d'un voile léger.

– Mon Dieu, dit-elle, sans s'adresser à quiconque, il en arrive chaque jour et chaque jour il en meurt, aussi… Prenez, prenez. Il faut manger. Prenez donc.

Bientôt, ce ne sont plus que soupirs, mastication, bruits de mâchoires, succions et gorges qui déglutissent. Les estomacs, trop longtemps taraudés par le manque, gargouillent, lancent d'étranges plaintes.

Nour se force. Elle conserve le pain longuement sur sa langue, en fait une pâte molle, douceâtre, avant de l'avaler. Elle se sent vaguement écœurée. Mais elle se force.

Avec Ahmed, ils sont assis sur un bidon

renversé. Un reste de goudron épais s'épanche sur le sable.

– C'est qui ? demande Nour à son compagnon.

Ahmed ramasse les miettes tombées sur ses genoux, les enfourne dans sa bouche. La femme est en train de soigner une vilaine éraflure sur l'avant-bras d'un gosse. Elle le gronde gentiment en nettoyant la plaie. L'autre sourit, penaud. Ravi de se faire materner.

– Madame El Fathi ? C'est une sainte ! Son mari a un petit commerce dans le souk. Ils économisent sou après sou pour qu'on ait un peu à manger, ici. Elle prend soin des bobos, elle écoute, elle console. Et ça dure depuis au moins dix ans. Je sais pas pourquoi ils s'embêtent avec ça, les El Fathi, mais moi, à leur place, je suis pas certain que j'en ferais autant…

N

Que s'est-il passé, après, lorsque mon père est rentré ?

A-t-il vérifié si j'étais à ma place – celle qu'il m'a choisie –, comme on s'assure que le chien se trouve dans la niche, roulé en boule au bout de sa chaîne ?

Dans ce cas, à la surprise a dû succéder la colère. Très vite. Puis, sans doute a-t-il réveillé ma mère – qui faisait si bien semblant de dormir. « Elle est où ? » a-t-il demandé, et, devant son air faussement ahuri, a répété, postillonnant de rage : « Elle est où ? » Je n'avais plus de prénom. « Moins fort, a dit ma mère, tu vas réveiller les garçons. » Les muscles raidis, prêt à boxer le vide, il a enchaîné : « Tu sais pourtant de quoi elle est capable, non ? Tu sais pourtant qu'on ne peut pas avoir confiance en une… »

Y

Les premières lueurs de l'aube colorent la mer d'un gris cendré.

Nour rêve. Que des mains moites de sueur se promènent sur sa peau, la touchent, la palpent, rejointes par d'autres mains qui se superposent aux premières, indécentes. Elle essaie de les repousser, mais elles sont trop nombreuses, trop fortes, trop pressantes.

– Nour ! Réveille-toi, Nour !

C'est Tariq. Il la secoue par les épaules.

– Qu… quoi ?

Sa respiration est encombrée, sifflante.

– Tu as crié dans ton sommeil. Tu m'as fait peur, à envoyer des coups de pied partout, t'aurais pu te faire mal…

À tâtons, il cherche. Sa main trouve son front.

– T'es brûlante.

– J'ai fait un cauchemar. Je suis désolée, Tariq, je ne me sens vraiment pas bien, je…

C'est plus fort qu'elle. Son estomac se contracte, d'un coup, comme aspiré en dedans et la bile, acide, refoule jusqu'à sa gorge. Elle n'a que le temps de se tourner sur un côté, pour vomir.

Quinte de toux. Le sang bat furieusement dans ses tempes, à l'étourdir.

– C'est de pire en pire, dit-elle, à bout de force, si ça s'aggrave encore…

– T'as pris froid. C'est embêtant, mais repose-toi bien, ça passera vite.

– J'ai peur, Tariq, j'ai peur… pas pour moi.

Un blanc, comme on bloque son souffle.

– Je suis enceinte.

Il a un mouvement de recul et elle s'agrippe à lui.

– Ne me laisse pas, s'il te plaît, ne me laisse pas !

– Bien sûr que non, Nour, voyons… mais… tu peux pas rester là, c'est… c'est impossible… je reviens, promis, je reviens…

Il détache les doigts de son avant-bras.

Elle se laisse aller vers l'arrière. Ses paupières pèsent des tonnes, elle sombre.

N

Le linge sale se lave en famille, c'est bien connu. Les commères sont à l'affût, dans les starting-blocks, prêtes à colporter les ragots.

La rumeur courait déjà, vicieuse : ce mariage dont personne n'avait jamais parlé, avant, il ne serait pas un peu précipité ? Et puis elles sont passées où, les prétentions de la gamine à faire de hautes études ?

Cousin Samir est intervenu, une fois encore.

Avec de grands gestes, dans le froissement de ses vêtements d'un blanc immaculé, il a rassuré son monde :

– On la retrouvera, j'ai des yeux et des oreilles un peu partout en ville, une fille seule ne peut pas…

Seule ?

Un homme, un autre. L'idée a dû au moins leur traverser l'esprit.

– Il faut agir avec méthode, a poursuivi le héros familial, on dira qu'elle est chez des parents, au calme, en attendant les noces…

Oui, il a fallu mentir. Pas d'alternative. Pour

éviter qu'une honte s'ajoute à une honte encore plus grande.

Ils ont remué ciel et terre en me maudissant. Peut-être même ont-ils cherché une lettre, au moins quelques mots gribouillés à la hâte ?

Elle qui aimait tant écrire…

Peu à peu, des morceaux du puzzle se sont mis en place : envolés, les bijoux, disparu, le foulard en soie brodé de fils d'or – un cadeau du fiancé !

Cette scélérate avait bien préparé son coup.

Et quand, enfin, ils ont appris que Tariq lui aussi avait disparu, alors ils ont compris.

Y

Dehors, le gémissement du vent. En sourdine, des voix d'enfants. Ils s'interpellent, s'invectivent, s'encouragent.

Une partie de football ?

Une ampoule nue, en forme de poire, pend du plafond au bout d'un fil torsadé. Nour entend aller puis venir, des pas un peu traînants. Et des bracelets qui tintent doucement les uns contre les autres. Elle garde longtemps les yeux sur la peinture cloquée, avant d'inspecter la pièce autour d'elle.

La lumière tombe de la fenêtre carrée, s'étale jusqu'au milieu du couvre-lit à franges. Un rideau masque la porte. L'endroit est exigu, il baigne dans une odeur d'antimites. Un lit. Une carafe d'eau et un verre, sur le chevet. Une commode étroite. Des posters aux murs, de sportifs, d'acteurs bodybuildés, de chanteuses américaines.

C'est daté, plus très à la mode. Le monde a tourné, depuis, est passé à autre chose. Il ne s'arrête jamais, le monde, pour personne.

Nour s'assoit. Elle est prise d'un vertige léger.

Sensation d'avoir regagné son corps *in extremis*, après une longue absence. Elle porte des habits propres. De fille. Le tissu flotte autour de ses membres amaigris.

Elle réussit à se mettre debout. Le sol carrelé est froid.

Elle remarque alors la photo. Un portrait en buste posé sur un napperon. Un jeune homme de dix-huit ou peut-être vingt ans, avec une chemise bariolée. Il sourit à l'objectif, plein d'espoir.

C'est sûrement sa chambre, à ce garçon. Elle attend son retour. Mais sans y croire vraiment.

La porte s'ouvre doucement, le bois caresse le tapis élimé.

– Oh, tu es réveillée ? fait Mme El Fathi.

Elle ne porte pas de foulard. Le henné donne une teinte orangée à ses cheveux gris.

– Oui je… je…

Nour tient le cadre rond entre ses mains. Le visage de la femme s'assombrit. Son ton se fait monocorde. Elle explique, il le faut bien. Un passé, amer, dont on sent qu'elle n'acceptera jamais la réalité – parce qu'il est intolérable.

Ses mains s'agrippent dans son giron, semblables à deux lutteurs exténués, son torse se balance curieusement.

– C'est mon fils, Badrane, dit-elle, il est mort. Il a tenté la traversée, lui aussi, à bord d'une patera. Ils ont chaviré. C'est la garde civile espagnole qui a retrouvé les corps, à quelques centaines de mètres du rivage… Badrane était comme vous tous, il ne jurait que par « l'autre côté ». On n'a pas su lui donner envie de rester, on n'a sans doute pas su l'aimer comme il le fallait – maintenant c'est trop tard…

Nour sent sa gorge se nouer.

– Je suis désolée.

Elle se trouve empotée, gênée de proférer pareille platitude. Mme El Fathi esquisse un sourire douloureux. Ses doigts frôlent et caressent l'ourlet défait de son tablier.

– C'était la volonté de Dieu, dit-elle. J'ai préparé du thé avec des fekkas au sésame. Tu dois manger, il faut penser à ton enfant. Il va bien, rassure-toi. Oui, tes amis nous ont tout raconté. Ils viennent dix fois par jour prendre de tes nouvelles. Tu as de la chance de les avoir.

Elle sourit un peu plus large. Deux dents en or brillent sur un côté de sa bouche.

– Tu peux rester autant que tu le veux… C'est… Cela nous fait du bien que cette chambre soit occupée, cela nous fait du bien qu'il y ait à nouveau de la vie, ici.

N

Lorsque j'étais petite fille, mon père était un géant. Et je ne pouvais pas m'endormir sans qu'il soit venu m'embrasser.

– Bonne nuit, princesse, murmurait-il à mon oreille.

La peau rugueuse de sa joue, un instant contre la mienne, son haleine parfumée au tabac.

Un géant qui remplissait presque entièrement mon horizon.

Je me rappelle ce soir délicieux où nous étions seuls à la maison, lui et moi, pour une raison dont je n'ai pas gardé le souvenir. Il faisait chaud dans la modeste cour carrée. Je me tenais assise dans le creux de ses jambes. En silence, il mâchouillait un bâton de réglisse, son péché mignon. Nous ne parlions pas. C'était superflu. Du pouce, il faisait glisser l'un après l'autre les grains noirs de son chapelet. J'adorais ce cliquetis régulier, j'adorais sentir son souffle puissant dans mon cou, pareil à celui d'un grand cheval.

Un mince croissant de lune chatoyait au-dessus de nous.

Je me revois pencher la tête vers l'arrière et je m'entends lui dire :

– Il y a trop d'étoiles dans le ciel, papa. Regarde ça ! On pourrait passer sa vie à les compter.

Il a levé son visage, à son tour, les yeux rieurs.

– Les compter ? Et pour quoi faire ? Tu en as de drôles d'idées, toi. Ne te complique pas la vie, il suffit de trouver la tienne.

J'en avais eu le souffle coupé.

– Parce que tu crois, papa, que j'ai une étoile là-haut, juste pour moi ?

– Bien sûr, voyons, tout le monde en a une !

Il a plissé les paupières, soudain très concentré, a fouillé les ténèbres puis a pointé sa main calleuse.

– Ah, la voilà ! Sur le côté, tu la vois ? Près de la grosse qui brille comme si l'univers lui appartenait. Prétentieuse, va ! Celle-ci, la petite, c'est la tienne. À coup sûr. Elle est discrète et pourtant, crois-moi, elle a en elle toute la beauté du monde…

Il y avait une telle tendresse, une telle douceur dans ses paroles, que j'en aurais pleuré s'il n'était parti dans un rire extraordinaire, m'entraînant à sa suite…

Là-bas, j'étais devenue une étrangère. Ici, je suis en exil, prise en étau entre ce passé, écrasant, et un présent hasardeux.

Ma famille me manque. Leur absence est une blessure qui ne cicatrise pas.

Serons-nous réunis, un jour, sans colère ni rancœur, apaisés – où devrai-je porter en moi leurs fantômes, comme une condamnation à perpétuité ?

Y/N

Assise devant le miroir carré, Nour trempe le mirwed dans la poudre de khôl, le passe entre ses paupières closes.

Ses cheveux repoussent. Mme El Fathi en a égalisé les pointes. Sa poitrine est libre, son ventre prend une jolie forme bombée. Son hôtesse lui a offert deux perles de nacre à pendre aux lobes de ses oreilles.

Les épreuves l'ont changée, un peu vieillie, mûrie assurément. Les vestiges de l'enfance ont fondu. Elle est une jeune femme gracieuse, attrayante.

L'image qu'elle a d'elle-même et le reflet dans la glace s'accordent de mieux en mieux, à mesure que les jours passent.

Ahmed ne va pas tarder. Ensemble, ils vont descendre au port, observer un ferry prendre le large, sans doute pour la dernière fois.

Ce matin, Tariq est venu lui annoncer son départ. En fin d'après-midi, il voguera vers Algesiras.

En un peu plus de deux heures, lui, l'enfant

de Saïda aux mains vides, le gamin rêveur du cargo pour Berlin, aura brûlé le détroit de Gibraltar.

L'émotion faisait chevroter sa voix. Ses mains ne tenaient pas en place, virevoltantes, des papillons aux premiers jours du printemps. Son torse étroit se gonflait de bonheur.

Un chauffeur a accepté de le prendre à bord de son camion. Une amitié nouée au comptoir d'un café de la médina.

– Dans la cabine, tu te rends compte ? Là où ils dorment, bien à l'arrière, bien caché. Personne n'ira me dénicher dans un endroit pareil…

Nour a remarqué combien lui aussi avait changé. Avec une pointe d'amusement, elle s'est même demandé si un mince duvet ne commençait pas à brunir sa lèvre supérieure.

Elle a dit que c'était formidable. Elle ne lui a pas demandé pour quelle raison un Européen allait se compromettre ainsi, dans l'unique but de lui rendre ce service. Elle ne lui a pas demandé jusqu'où il était prêt à aller pour réaliser ses rêves.

Cette partie de l'histoire ne lui appartient pas.

Leurs émotions se bousculaient, impossibles à formuler fidèlement. Alors ils prenaient le parti de parler peu, du bout des lèvres. Ils avaient partagé la peur, la solitude, l'espoir, mais en cet instant, la pudeur les muselait.

À quoi bon en faire des tonnes ? L'essentiel, comme souvent, se nichait au revers des apparences.

– Vous viendrez, hein ? a demandé Tariq.

Ahmed lui a tapé sur l'épaule.

– Tu crois pas qu'on va te laisser t'amuser sans nous ? Seulement, mon gars, t'as fait le plus difficile, alors on n'a pas l'intention de se fatiguer. On va t'attendre sagement ici et on compte sur toi pour venir nous chercher sur ton yacht. Douze mètres minimum, le bateau, sinon c'est quand même un peu la honte…

– Je suis si fière de toi, a ajouté Nour.

Et ces six mots signifiaient : « Je t'aime, petit frère. J'aimerais te prendre dans mes bras, te serrer fort fort fort… »

– Bon, ben alors j'y vais, hein ?

Elle a fait oui de la tête. Elle se trouvait au seuil des larmes. Et lui s'est éloigné, un peu gauche, avant de faire volte-face.

– Ahmed m'a montré ce truc.

Il a porté sa main droite de son cœur à sa bouche, puis à son front.

– C'est une jolie façon de dire au revoir, non ?

– Très jolie, a admis Nour.

– Et je l'ai bien réussi ?

– Pas mal du tout, a confirmé Ahmed, je n'aurais pas fait mieux.

Après, Tariq a eu ce sourire, merveilleux, puis a repris sa route sans plus se retourner.

C'est l'heure, à peu de chose près.

Les palmiers rectilignes, avec leur drôle de coiffure ébouriffée, semblent monter la garde devant la mer.

Ahmed et Nour s'assoient sur un rocher plat saupoudré de sable blond. Les vagues roulent de petits coquillages creux. La lumière du soleil, oblique, donne à l'eau des reflets irisés.

Depuis l'écrin du port, le ferry lance son cri. Il appareille et bientôt se profile. Superbe. Élancé. On ne distingue pas son nom. Il pourrait s'appeler *La dernière chance.*

Tariq est là, quelque part. Peut-être même qu'il les voit, qui sait ? Nour agite la main, au cas où.

Ils suivent son cheminement, chacun perdu dans ses pensées, jusqu'à ce qu'il ne soit pas plus gros qu'une coquille de noix.

Ensuite seulement, ils se lèvent.

Nour balaie les grains de sable sur ses vêtements. Sa bouche a un goût salé sous sa langue.

– T'as vu mes nouveaux habits ? demande Ahmed. Madame El Fathi a été généreuse. On dirait que je me marie, non ? Dès que j'aurai un peu d'argent, j'irai chez le coiffeur... Monsieur El Fathi, lui, m'a proposé de l'aider au magasin. J'ai accepté. C'est modeste, mais Bill Gates a commencé pareil, hein, tout en bas...

Elle sent sur elle le velours noir et profond de ses yeux. Elle ne répond pas. Elle savoure cet instant, l'air soudain très léger dans ses poumons, tandis qu'ils repartent vers la vieille ville.

Derrière eux, on ne distingue plus qu'un liseré d'eau sur lequel le ciel entier semble reposer.

Infini.

Derniers titres parus
aux éditions Thierry Magnier

Collection « Romans »

Moi, mon frère et le nouveau
de Martha Heesen traduit du néerlandais par Emmanuèle Sandron
Les parents de Jan et Toon sont famille d'accueil. Les deux enfants biologiques vivent ces intrusions chacun à leur manière. Chaque arrivée dans la famille est l'occasion d'anecdotes tendres ou cruelles, drôles ou dramatiques.

Les aigles ne tuent pas les mouches
de Luc Baba
Avant ce matin-là, Zoé allait son chemin tranquille. « Tu as reçu quoi pour tes quatorze ans ? J'ai appris que j'étais laide. » Elle le sait grâce à Walter, son premier amour impossible. Elle décide alors de créer un club de moches, et trouve des volontaires !

Mayo ketchup ou lait de soja
de Gaia Guasti
« Beurk, elle pue ! » Voilà le sort d'Élianor réglé en un instant dans la cour de récréation. Mais elle s'en fiche, Élianor, elle cultive sa différence. La preuve, elle a volontairement banni sucre, viande et lait de vache de son alimentation. Pour gagner son amitié Noah est prêt à rallier sa cause.

Le cantique des elfes
de Myriam Chirousse
Dans *Ultramonde*, Lady Kerridwen rencontre Lupus Negrus, un personnage très séduisant. Jessica, dans la réalité, ne vit plus que pour les mails enflammés de Lupus Negrus et leurs rendez-vous au château d'Osgarth. Jeu en réseau, amour virtuel ou réel, lequel est le plus exaltant ?

Quand un amant passe
de Mats Wahl traduit du suédois par Agneta et Marianne Ségol
Tom ne se sent plus compris par personne. Le voisin, Karl Berger, un vieil Allemand au passé obscur, lui demande de l'aider à entretenir son jardin. Il semble bien connaître sa famille et pourtant, sa mère ne veut pas en entendre parler. Tom est animé de sentiments violents et contradictoires qui vont bouleverser sa vie, celle de sa famille.

Camille aime pas danser
de Marie-Sophie Vermot
Anastasia dévore la vie à pleines dents. Camille est plus jeune, plus réservée. Elles sont sœurs et vivent avec leur mère dans une maison perdue au bout d'une presqu'île. Après une aventure d'un soir, Anastasia n'arrive pas à s'avouer qu'elle est enceinte.

Vert jade rouge sang
de Pascale Maret
Ko Myo va retrouver son frère Naing Lin, parti chercher fortune dans les mines de jade, loin de Rangoon. Après un long trajet, Ko Myo le retrouve en piteux état. Le travail dans la mine est épouvantable, les conditions de vie terrifiantes.

Comme chiens et chats
Collectif
Neuf nouvelles sur le thème des relations fraternelles avec des sensibilités, des registres différents, des histoires qui puisent souvent dans la biographie revisitée des auteurs.

Marre de l'amour
de Maud Lethielleux
Des parents qui s'aiment, se tiennent la main, roucoulent les yeux dans les yeux, tous les enfants en rêvent ! Pas si sûr, Pierrot lui, n'y voit que des inconvénients. Avec ses copains, il va tenter de faire « désaimer » ses parents.

Ces années blanches
de Julie-Jacob Cœur
Marie, sa vie, elle l'aimait bien. Mais à la maison rien ne va. Rose, la faute à Rose, sa sœur aînée, qui n'en finit pas de s'égarer, de plonger dans les embrouilles. Après des années de compassion, Marie en a assez, elle veut vivre sa vie d'ado.

L'Interrogatoire de Gabriel James
de Charlie Price traduit de l'anglais (États-Unis) par Valérie Dayre
Témoin de deux meurtres, Gabriel James doit s'expliquer devant la police. Oui, il était amoureux d'une fille et n'acceptait pas d'être éconduit, mais pourquoi cela a-t-il déclenché une série de drames, ébranlant toute la petite ville ? Les policiers veulent tout savoir, tout comprendre.

Tifi en Haïti
de Valérie Lacroix
Après le tremblement de terre qui a ravagé son île, Starling a trouvé un semblant de paix avec Monsieur Neptune. Aussi elle n'a pas envie de recevoir les lettres de Lucie qui lui écrit de France.

Ultraviolet
de Nancy Huston
Dans son journal, Lucy écrit tout ce qu'elle ne peut pas dire à haute voix. À treize ans, les idées se bousculent dans sa tête et les sensations dans son corps. L'arrivée du docteur Beauchemin à la maison lui offre un interlocuteur troublant.

CET OUVRAGE A ÉTÉ ACHEVÉ D'IMPRIMER
AVANT DE PARTIR POUR LE COMPTE
DES ÉDITIONS THIERRY MAGNIER
PAR L'IMPRIMERIE FLOCH À MAYENNE
EN JANVIER 2012 (2e ÉDITION)
DÉPÔT LÉGAL : JANVIER 2011
N° D'IMPRESSION : 81400

Imprimé en France